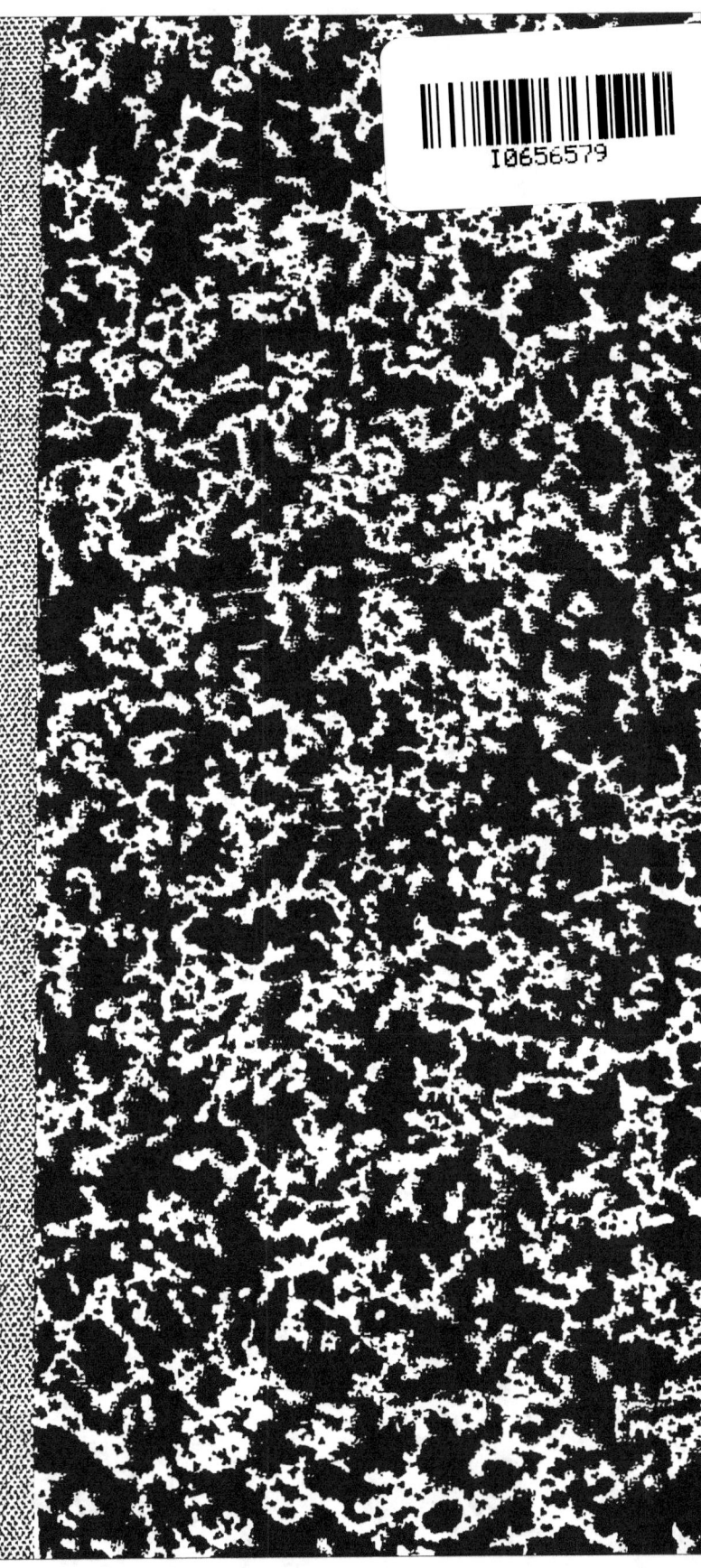

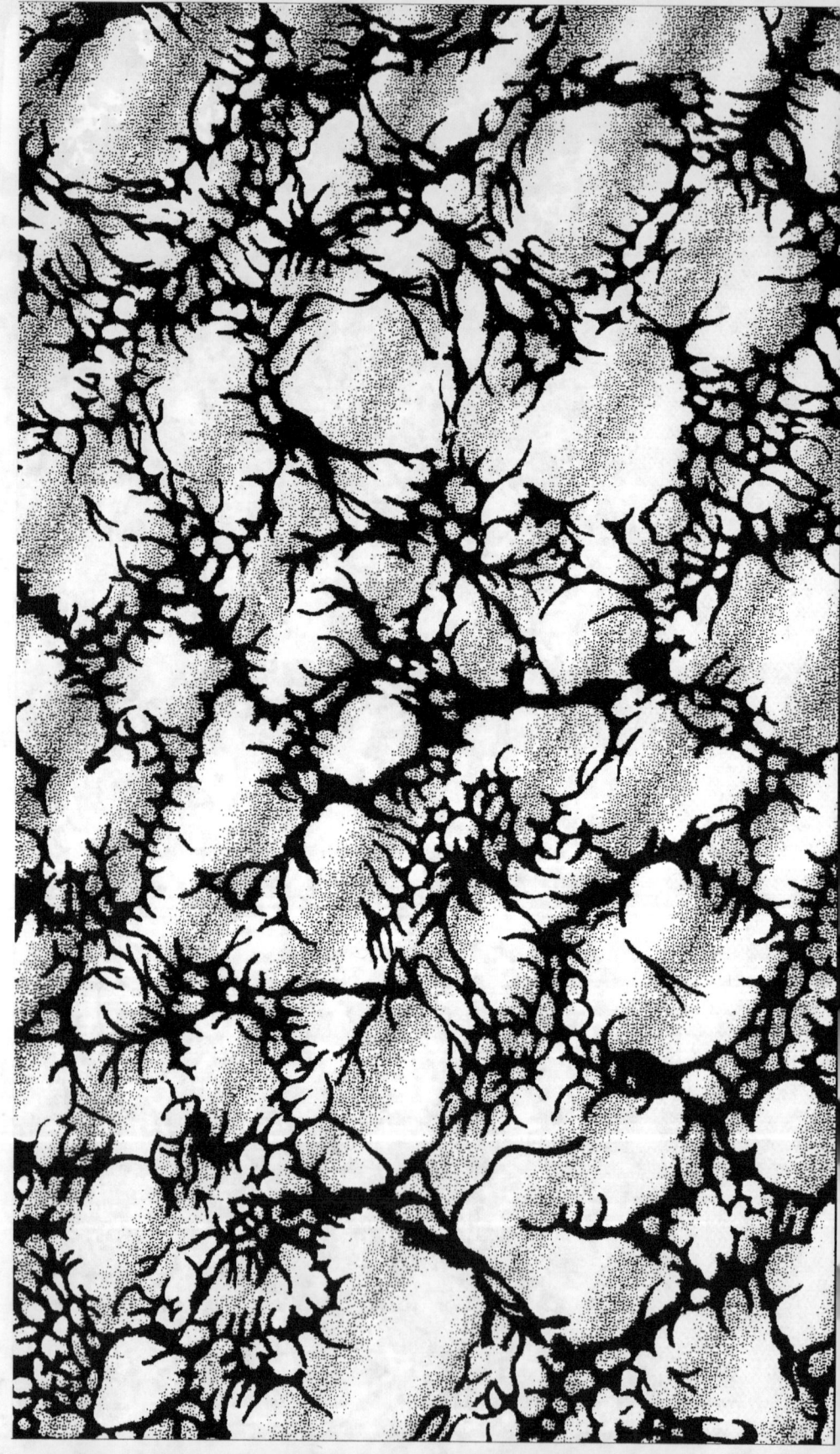

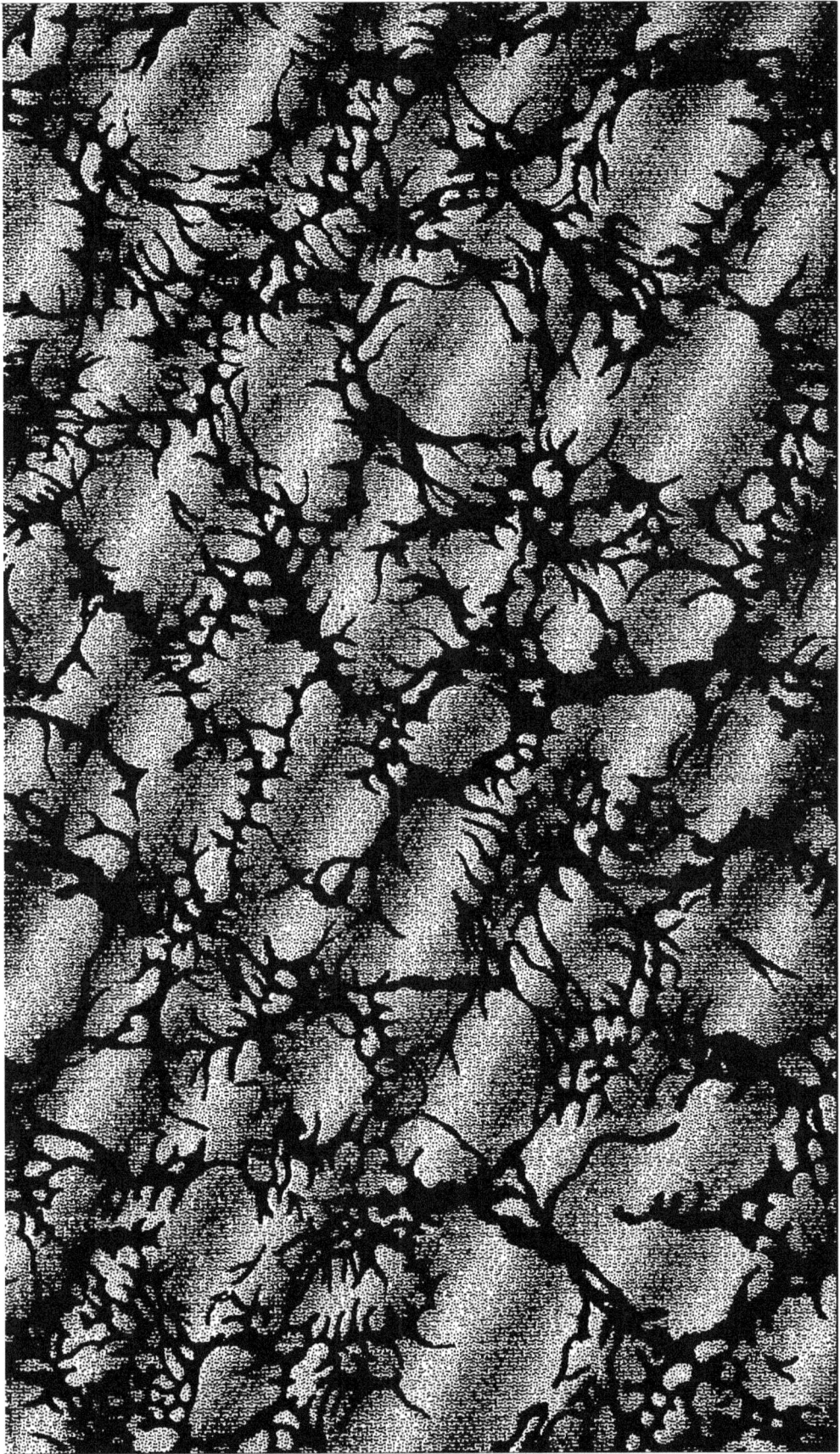

ENRICO TOSELLI

❧ ❧ ❧

MARI D'ALTESSE

4 ans de mariage avec Louise de TOSCANE
ex-Princesse de Saxe.

PARIS

ALBIN MICHEL, Éditeur

22, Rue Huyghens, 22

Mari d'Altesse

ENRICO TOSELLI

MARI D'ALTESSE

PARIS

ALBIN MICHEL, ÉDITEUR

22, Rue Huyghens, 22

———

Mari d'Altesse

J'AI HÉSITÉ...

Attaqué, diffamé, j'ai longuement hésité à
me défendre. Je m'étais fait une règle de me
taire dès le jour où je suis devenu le mari de
la Princesse Louise de Toscane. Un artiste, un
musicien, n'est pas un écrivain. Je n'ai jamais
écrit que des compositions musicales. Je craignais, si j'écrivais ou si je parlais, d'être mala-
droit.

Je me suis marié, je n'avais pas vingt-quatre
ans. Je n'ai pas réfléchi. J'ai fait une folie. Je
n'ai voulu écouter personne. J'ai écouté seulement mon cœur et l'amour que me témoignait celle que j'adorais. Tout ce que j'aurais pu
dire eût trahi des sentiments intimes qui
m'étaient alors chers. J'ai refusé d'entendre les

journalistes. Beaucoup d'autres, à ma place, auraient fait des déclarations aux journaux, publié avec fracas leur musique, et paru en public. On m'a offert des sommes exagérées pour donner des concerts à grand tapage. J'ai vu qu'on voulait exhiber le mari d'une Archidu-chesse d'Autriche qui avait été la femme d'un Prince royal, aujourd'hui Roi. Je n'étais plus un concertiste, un virtuose, un compositeur. J'étais une bête curieuse. J'ai refusé les offres. Je reviendrai là-dessus. On m'en a fait d'étranges. L'argent est étonnant : il croit que tout lui est permis.

Plus tard, lorsque ma femme et moi nous ne nous sommes plus entendus et que j'ai vu clair dans ma situation, j'ai été ouvertement traité de misérable, de mari ivrogne, brutal, adonné au jeu. Je n'étais plus le fils unique et gâté des braves gens qui m'ont élevé, l'artiste qui s'est fait entendre et applaudir dans les principales capitales du monde civilisé, je devenais simplement un souteneur.

Je ne disais rien, j'étais tout au déchirement de cœur, qui a suivi la crise que j'ai traversée. Alors, mes parents, mes amis m'ont assailli d'objections.

Si je me suis marié, c'est qu'il fallait que je me marie, à cause de l'enfant qui allait naître. Cet enfant, la justice, sur ma demande, l'a retiré à sa mère et l'a confié aux soins de mes parents et miens. Je vis nuit et jour près de lui. La charge m'incombe de l'élever. On est venu me dire et on me dit fréquemment : « Dans dix ans, dans quinze ans, quand cet enfant pourra comprendre, on mettra sous ses yeux ce qui a été publié contre vous. Qui vous dit qu'il ne prendra pas alors en horreur le mari de sa mère? »

Je n'ai pas voulu croire que cela fût possible.

Mais on m'a présenté un nouvel argument : « Vous recommencez votre vie, vous n'avez pas trente ans, vous êtes mal parti, tout est détruit autour de vous et votre réputation artistique a souffert du scandale de votre ménage. Votre silence est pris pour un acquiescement à tout ce qui a été publié contre vous. Cet acquiescement paraît d'autant plus certain que les accusations dont vous avez souffert ont été présentées comme inspirées et approuvées par votre femme. Si vous vous taisez, c'est donc qu'on a dit la vérité. »

J'ai hésité encore. Puis, enfin, j'ai compris.

Je ne voulais pas croire au préjudice qui m'a

été causé, au déshonneur qu'on a voulu répandre sur moi, parce qu'à Florence et en Toscane, je ne trouvais que de la sympathie. Car mes compatriotes ont vu les choses telles qu'elles se sont passées. Mais, hors de mon pays, l'opinion n'a pu se faire que d'après les inventions répandues dans la presse, et ma profession, hélas! n'est pas de celles qui s'exercent dans le cercle d'une province italienne. Elle m'impose d'aller à l'étranger, de me faire entendre devant des publics différents. Ne pourrais-je plus paraître en compositeur et en virtuose sans être paralysé, gêné dans mes moyens d'artiste par le sentiment que les gens qui seraient venus pour m'entendre me seraient hostiles sans me connaître?

Cette pensée et celle de la vérité que je dois à mon fils m'ont décidé à me rendre aux avis que je recevais. Mais que l'on ne croie pas qu'un homme qui a vécu le rêve que j'ai vécu, qui a aimé de toute la force de sa jeunesse et de sa foi, puisse se résoudre, sans un nouveau déchirement, à revenir sur ses pas, le long d'un chemin de désillusions et de ruines ; il obéit à une cruelle et impérieuse nécessité.

Je me suis décidé à raconter la vérité sur mon

mariage et ma vie avec Louise de Toscane, pièces en mains, mais je le fais pour me défendre et non pour attaquer. C'est l'amante, c'est la femme d'hier, c'est la mère de mon enfant qui est en jeu dans cette histoire que m'impose mon propre salut et celui du petit être que je dois élever.

J'ai aussi le devoir de défendre mes parents si tendres, si honorables, si justement estimés de tous ceux qui les connaissent. Ils ont été présentés sous des couleurs affreuses. Hélas! ils ne furent que trop bons, trop faibles pour ma femme et pour moi. Nous les avons fait souffrir. Ils souffrent encore. Ils ont été dupes de mon emballement, de ma naïveté, dupes surtout des cajoleries, des finesses inconcevables d'une créature dont ceux qui ne l'ont pas approchée et connue intimement, ne peuvent imaginer l'infernale séduction.

Il y a, en elle, autant de bon que de mauvais. Elle a tous les dons. Elle pouvait avoir une vie admirable. La malheureuse! quelle est son existence! Qu'a-t-elle laissé jusqu'ici derrière elle? Des hontes et des désespoirs. Elle est fatale; fatale à elle-même d'abord, à tous ceux qui l'approchent ensuite.

Je ne sais pas bien ce qu'on entend par roman
d'amour ; mais il me semble que, pendant
quatre ans, j'ai vécu la plus extraordinaire histoire amoureuse qu'un artiste puisse vivre. C'est
donc cette histoire qu'il faut que, pour ma sauvegarde et celle de tout ce qui m'est cher, je
m'efforce de raconter.

II

COMMENT JE CONNUS LOUISE DE TOSCANE

En rentrant un soir, à la maison, chez mes parents, à Florence, je trouvai Madame B. qui était venue faire visite à ma mère. C'était le 3 décembre 1906. Je me souviens que j'étais pressé de sortir du salon pour me préparer à dîner en ville. Mais Madame B. me retint en parlant musique et me dit qu'elle donnait des leçons de chant à la princesse de Saxe.

— Si cela peut vous être agréable, ajouta-t-elle, je serai tout à fait heureuse de vous présenter à la princesse comme compositeur et concertiste.

Elle ajouta des compliments sur la réputation que je m'étais déjà faite, et déclara que sa visite chez mes parents n'avait pour but que de me servir.

Naturellement, j'acceptai son offre avec en-

thousiasme. J'étais, de prime abord, très curieux
de connaître Louise de Toscane dont tout le
monde, à Florence, s'occupait, et dont la presse
notait au jour le jour les faits et gestes.

N'était-elle pas un peu reine dans notre pays
où sa famille régna ?

Le lendemain, Madame B. m'écrivait que la
princesse serait heureuse de me faire bon accueil.
Elle m'indiquait de venir chez elle le jour
suivant, à huit heures, pour y attendre l'automobile qui nous conduirait chez Son Altesse.

Je fus exact au rendez-vous. A huit heures un
quart l'auto arriva. Quelle ne fut pas ma surprise
quand j'aperçus dans la voiture la princesse de
Saxe elle-même ?

Madame B. présenta son jeune virtuose en
termes trop flatteurs. Je m'inclinai profondément devant celle que le destin m'avait réservée
pour la douleur plus encore que pour la joie.

Nous partîmes, et le long de la route, la princesse me parla, en français, de Venise, des
lagunes, des palais vénitiens, de la beauté de
Saint Marc et du Lido. Je l'écoutais avec curiosité. Ses impressions sur la ville des Doges ne
me parurent ni personnelles, ni poétiques.

Nous allions hors Florence, à la villa de la

princesse. Nous étions presque arrivés quand une panne nous contraignit à descendre de l'auto.

Je vois encore Louise de Saxe marchant d'un pas nonchalant sur la route. Elle était séduisante et charmeuse. Sur sa lèvre fleurissait ce sourire, rare et divin, qui me prit tout de suite. Elle portait avec grâce une magnifique robe blanche brodée. Une écharpe vaporeuse entourait sa tête, et un grand manteau de couleur crême la drapait entièrement. Dans le silence du soir, sous le ciel d'une nuit florentine, dans le calme absolu qui nous entourait, elle offrait à mes yeux une vision digne du pinceau d'un grand maître.

Le chemin que nous fîmes côte à côte me parut trop court. L'auto, remise en marche, nous rejoignait. Elle acheva de nous conduire à la villa Montauto, à Bellosguardo, sur une petite éminence qui domine Florence. La villa est du vieux style florentin et flanquée d'une antique tour. Nous montâmes au premier étage par un large escalier. La princesse nous fit entrer dans un assez grand salon, à l'aspect froid, presque claustral. Au milieu, une table. Ça et là quelques meubles et, au fond, un piano baby « Bösen-dorfer », qui était loin d'être parfait ! Une che-

minée de style du XVIᵉ était bourrée de grosses
bûches. Le feu pétillait joyeusement et la flamme
illuminait la pièce de reflets rougeâtres qui
ajoutaient à l'éclairage, car la villa était dé-
pourvue de lumière électrique et de confort
moderne.

Nous causâmes quelques minutes. J'en profitai pour réchauffer mes mains glacées. Je me
mis au piano. Je me souviens parfaitement que
je jouai ce soir-là la *Berceuse* de Grieg, un *Noc-
turne*, la Polonaise, op. 53, de Chopin et la
Rapsodie n° 6 de Listz. Madame B. chanta deux
de mes compositions. La princesse me complimenta avec chaleur et me dit en souriant
étrangement :

— Vous faites éprouver la joie, la douleur et
l'espoir à qui vous écoute.

Je m'inclinai, je remerciai, j'étais parfaitement
heureux. Je priai Son Altesse de consentir à
chanter quelques romances. Elle acquiesça à
mon désir et me demanda de l'accompagner.
Elle chanta du Schumann. Je ne lui trouvai pas
un tempérament réellement artiste. Elle ne sentait pas comme il convenait ce qu'elle chantait.

Nous prîmes le thé et Louise de Saxe voulut
entendre quelques-unes de mes compositions

pour piano. Une partie d'un poème symphonique, inspiré du *Fuoco*, de Gabriele d'Annunzio,
sembla l'intéresser vivement.

Il était onze heures, l'auto attendait, nous
descendîmes et la princesse voulut accompagner
Madame B. chez elle, pour jouir de la magnifique nuit de décembre qui enveloppait Florence
et la plaine toscane de sa splendeur d'azur
brochée d'or.

Je me rappelle que lorsque nous fûmes sur le
pont Santa Trinita, rentrant en ville, elle regarda
l'Arno et dit avec expansion :

— Ne serait-il pas adorable de faire une promenade en bateau sur le fleuve, tous trois ? J'ai
besoin, ce soir, d'éprouver de nouvelles sen-
sations. Je ne sais ce qui me trouble, mais j'ai
l'intuition qu'un espoir nouveau pénètre en
moi... Oh ! si cela était... »

En prononçant ces paroles, l'inflexion de sa
voix était étrange et sa physionomie altérée.

Nous fûmes bientôt à la porte de Madame B.
L'auto s'arrêta. Je baisai respectueusement la
main qui m'était tendue et l'on me dit d'une
voix douce :

— J'espère, M. Toselli, que ce ne sera pas la
dernière fois que j'aurai le plaisir de vous rece-

voir chez moi. Prenez mon numéro de téléphone : 18,90. Si vous n'avez point d'engagement, je vous attendrai à la villa, lundi prochain,
à trois heures. Voulez-vous ?

Je rentrai chez moi en touchant le ciel de mes
doigts. Louise de Saxe m'avait produit une
impression que je ne définissais pas encore et
qui m'empêcha de dormir. Je compris que je
commençais à être amoureux sérieusement.

Je dois avouer que jusqu'alors je n'avais pas
éprouvé ce que j'éprouvais. J'ai lu dans Stendhal,
je crois, que l'amour est une affaire d'amour-
propre. Mon amour-propre était extrêmement
flatté. Peu à peu je prenais feu tout entier, à la
chaleur de cette satisfaction d'orgueil, qui est à
la fois la force et la faiblesse des artistes. Enfin,
c'était le coup de foudre.

La princesse, à cette époque, paraissait à peine
trente ans. Quant à moi, j'avais encore, dans le
tiroir d'un des meubles de ma chambre, quelques-uns de ces grands cols rabattus — souvenir
de ma première jeunesse — que je portais,
lorsque je fus présenté au public comme enfant
prodige, soit par l'excellent M. Jehin, à Monte-
Carlo, soit aux concerts que j'ai donnés à Paris
en 1899, et je ressemblais beaucoup plus à l'ado-

ENRICO TOSELLI
à seize ans,
d'apres le tableau de Vittorio Rignano.

lescent du portrait que M. Vittorio Rignano a fait de moi, qu'à l'homme que je suis aujourd'hui, car mes quatre années de mariage m'ont singulièrement vieilli. J'étais donc au lendemain de l'adolescence, et la princesse me semblait idéalement belle. Ses mains, ses jolies mains, restaient devant mes yeux. Leurs attaches fines, leurs ongles bombés et luisants, soignés comme des bijoux, rien ne m'avait échappé. Louise de Saxe n'avait pas alors un cheveu blanc ; une belle chevelure chatain couronnait son visage sans rides. Ses yeux bleus, si clairs, si tendres et que, depuis, j'ai vu si souvent durs et haineux, m'avaient paru pleins de lumière. Enfin, sa voix harmonieusement timbrée et aux intonnations flexibles, me poursuivait, chantait à mon cerveau et répétait ses échos à mon cœur. Cette voix me semblait l'instrument merveilleux d'une éloquence incomparable.

Lorsqu'elle le veut, Louise de Saxe parle de manière à séduire, mais si elle s'énerve, si elle s'excite, elle arrive aisément à dire des choses hors de mesure. Elle se grise de ses paroles. A l'état de calme, elle passe d'un sujet à un autre avec une étonnante versatilité ; mais, dans la colère et la passion, elle suit l'idée qui la domine et elle s'exalte jusqu'au paroxysme.

Je n'en étais pas encore à savoir ces choses-là. Je voyais tout en rose après cette première rencontre.

Le matin venu, il me fut à peu près impossible de travailler. Ma pensée était à la villa Montauto. Le désir de revoir la princesse, au plus tôt, me dévorait. Je ne résistai pas, et, après dejeuner, j'osai téléphoner à la villa. La femme de chambre me répondit que Son Altesse Impériale et Royale était chez elle. J'attendis un instant et quelle ne fut pas ma joie quand la voix de Louise de Saxe m'arriva dans l'appareil.

— Princesse, dis-je, j'ai un engagement pour lundi. Je n'y ai plus pensé, hier. (J'inventais cette excuse. Je ne raisonnais déjà plus). Je prie Votre Altesse de vouloir bien m'excuser. Pourrai-je avoir l'honneur de lui présenter mes humbles hommages, samedi, à la même heure?

— Mais certainement. Je vous attendrai avec grand plaisir. Nous ferons de la musique. Je serai seule. A bientôt.

Jusqu'au samedi les heures me parurent interminables. Je fus debout avec l'aurore, ce jour-là. Et, chose étrange, je sentais que j'allais au devant de ma destinée. J'étais heureux et, pourtant, j'avais froid en moi-même.

A trois heures précises, je fus introduit dans le salon de la villa Montauto. Louise de Saxe vint à moi en me tendant gentiment la main. Elle s'assit devant la cheminée, et en riant, fit tomber les petits souliers découverts dont elle était chaussée. Elle présenta au feu ses pieds débarrassés de leur gaîne légère et fit cela avec tant de grâce que mon étonnement disparut aussitôt. Je m'assis au piano et jouai la *Rapsodie hongroise* de Liszt. Quand j'eus fini la princesse me serra les mains et offrit une des siennes à mes lèvres. J'avoue que je ne savais plus où j'étais. Mon cœur battait fortement et mon imagination surexcitée me faisait entrevoir le bonheur. Nous nous assîmes et nous causâmes en prenant pour thème un vieux sujet toujours nouveau :

— N'avez-vous jamais aimé? me dit la princesse à bout portant.

— Altesse, je n'ai pas encore vingt-quatre ans. Si je disais que j'ai aimé, mon affirmation serait audacieuse. J'ai trop peu vécu.

— Vraiment, répondit-elle, avec de la malice dans le regard, **vous avez pourtant voyagé; vous**

connaissez la société. Votre art vous met continuellement en contact avec le monde. Etes-vous
donc semblable à un jeune écolier qui n'abandonne le collège où il est obligé de vivre que
pour passer sa journée de congé en tutelle chez
papa et maman?

— Non, Altesse, évidemment, je suis plus
avancé que cela. Mais sans être un connaisseur
profond des sentiments humains, je sais qu'il
ne faut pas dire tout ce que l'on pense et que,
lorsqu'une vérité vous inspire, il faut parfois
savoir la taire, de peur qu'elle ne se tourne
contre vous.

— C'est juste, je m'en suis aperçue moi-même:
toute vérité n'est pas bonne à dire et à suivre.
J'ai appris cela à mes dépens. Mais enfin, je ne
crois pas qu'ici vous soyez en danger. Dites-moi
si vous croyez pouvoir aimer un jour ?

— Si la destinée me fait rencontrer l'être idéal
que tout artiste rêve de rencontrer, je l'aimerai,
Madame, de toutes les forces de mon âme et je
me dévouerai entièrement à la créature adorée.

Elle sourit, ses yeux sur mes yeux, et ses
lèvres eurent un frémissement.

Cinq heures sonnaient. Les ombres du soir
envahissaient déjà le salon de la villa. Louise de

Saxe marcha lentement vers la fenêtre pour regarder les brumes qui s'élevaient de l'Arno et
s'étendaient sur la plaine toscane. Je l'avais
suivie. Nous nous trouvâmes, sans y penser ni
le vouloir, à côté l'un de l'autre. Combien de
temps restâmes-nous ainsi? Je l'ignore. Nous
étions enveloppés de silence. Nous regardions
la campagne se voiler de nuit et de brouillard.
Ses innombrables oliviers dont les feuilles ré-
pandaient autour d'elles des reflets d'argent,
disparaissaient peu à peu. Le Mont-Morello noir
dénudé, gigantesque, figurait à notre gauche
l'avant-poste des Apennins, tandis que de l'autre
côté Fiesole, l'ancienne ville étrusque, étagée
sur sa riante colline, paraissait contempler ma
chère Florence se parant, pour la nuit, de ses
colliers de diamants, faits des lueurs des réver-
bères.

Brusquement, la porte s'ouvrit. La femme de
chambre apportait une lampe à pétrole. Louise
de Saxe avait quitté la fenêtre. Elle s'assit sur
une chaise, son front appuyé sur une main. Je
n'osais rien dire, j'attendais. La suivante dis-
parue, la princesse se leva et, me regardant
fixement :

— Que puis-je faire pour vous ?

J'étais très embarrassé, mais il fallait répondre.

— Princesse, murmurai-je, il y a dans notre existence des moments décisifs. Je suis artiste et on n'est artiste que par l'amour ou la douleur. Quel chemin pouvez-vous me montrer? Je suis devant vous comme un esclave. Faites un signe, j'obéirai.

Une de ses mains avait saisi la mienne, l'autre caressa mon front et, à demi-voix, Louise répondit :

— Je serai l'amie qui vous ne quittera jamais, ni dans le malheur ni dans le bonheur. Je veillerai sur vous comme votre ange gardien.

— Altesse, balbutiai-je, je vous dois déjà une reconnaissance infinie ; mais vraiment, puis-je vous demander sans offense, sans que ma franchise vous blesse, si l'amie que vous daignerez être pour moi sera libre d'être toujours présente à mon amour?

Elle me saisit par les épaules et m'attira près d'elle.

— Je serai la femme aimante et fidèle, la compagne de ta vie. Mon amour est fier, grand, inaltérable, la confiance que j'ai en toi, profonde et immense. Mon affection te bercera dans une silencieuse tendresse.

Je fermai les yeux... Nos lèvres se rencontrèrent pour la première fois...

Je quittai la villa Montauto et, traversant Florence, j'eus soin de parcourir les rues les plus sombres et les plus désertes. J'étais jaloux de mon amour. Je craignais de rencontrer quelqu'un qui aurait pu lire en moi et deviner ce que j'y cachais.

III

PREMIÈRE LETTRE DE LOUISE DE SAXE

UN RENDEZ-VOUS DANS UNE ÉGLISE

Rentré chez moi après cette inoubliable après-midi, je tâchai d'être calme et tranquille, mais ma mère qui me connaît bien, me trouva changé, rayonnant, plus expansif qu'à l'ordinaire.

— Qu'as-tu donc ce soir, Henri ? demanda-t-elle. As-tu reçu quelque nouvelle importante pour un concert?

— Non, pas du tout, mais je suis content parce que... parce que j'ai fait une magnifique promenade hors de Florence.

C'était l'heure du dîner de famille. Nous allions nous lever de table lorsqu'une automobile s'arrêta à la porte de notre maison. On sonna et le chauffeur remit une lettre pour moi

à notre femme de chambre en lui recomman-
dant de me la donner en mains propres. Intri-
gué, j'ouvris la lettre qui était d'une écriture
haute et ferme et je fus stupéfait autant que
bouleversé en constatant que c'était Louise de
Saxe qui m'écrivait. Il n'y avait pas encore deux
heures que je l'avais quittée. Elle me disait dans
cette lettre, en italien :

*Avec ces paroles qui ne disent rien mais qui
doivent tout dire, je vous envoie mon souvenir et
vous préviens que demain j'assisterai à la repré-
sentation de la* Damnation de Faust. *Si vous désirez me voir demain matin à dix heures et demie,
vous me trouverez dans l'église Santa Trinita.*

*Brûlez cette lettre car il faut tout détruire ici-
bas... Vous m'appartenez comme je vous appartiens.*

Je n'ai pas brûlé sa lettre... Quel est l'amoureux
qui brûle les lettres de la femme qu'il aime ?
En vérité je croyais rêver et je crois rêver
encore en relisant ces premières lignes maintenant que tout est brisé à jamais. Je voudrais
tout oublier, mais j'entends une voix enfantine
qui m'appelle : c'est notre fils... Mon fils puisqu'il n'a plus de mère.

Ah! cette première carte, ce premier billet de Louise de Saxe, quel effet il produisit sur moi !

Le matin à dix heures et demie précises, j'étais à la porte de Santa-Trinita. J'attendais... Je vis de loin, traversant l'Arno sur le pont, la Princesse arriver en marchant très vite. Elle passa près de moi, me regarda, toussa et entra dans l'église. Elle s'arrêta derrière une colonne où je la rejoignis. Elle me prit par la main et me conduisit vers une chapelle déserte. Nous nous assîmes et nous gardâmes le silence. On célébrait une messe dans Santa Trinita. L'orgue jetait sous les voûtes des accords graves.

— Henri, dit la Princesse, avez-vous pensé à moi, à ce que je vous ai dit, aux derniers mots de la lettre que je vous ai écrite hier soir?

— Assurément, Princesse.

— Non, vous devez... tu dois m'appeler Louise. Ne suis-je pas ta Louise ?

Mon regard lui exprima toute ma reconnaissance.

— Louise, déclarai-je, j'ai pensé à vous sans cesse depuis hier. Je suis résolu à faire tout ce que vous voudrez pour vous rendre heureuse. Ni luttes, ni sacrifices ne me coûteront si un de vos sourires me récompense.

— Ecoute-moi, Henri, tu es bon, tu es honnête, mon devoir m'impose de te dire que si j'ai fui la Cour de Saxe à la veille d'être Reine, c'est que je comprenais qu'en retardant d'un seul jour mon départ, j'étais complètement perdue. On voulait remplacer pour moi la couronne royale par la camisole de force... Un infâme complot préparaît ma perte. Mes ennemis étaient puissants. J'ai compris l'impossibilité de la lutte. J'ai eu peur d'être enfermée. J'ai craint de devenir folle véritablement, et pour échapper à la folie, j'ai fui, perdant mes enfants, mon unique trésor. A présent je suis seule, abandonnée, sans une personne amie et entourée d'espions. Veux-tu me sauver, veux-tu que je devienne ta femme devant le monde entier ? Je suis libre. Nul ne peut l'empêcher.

— Louise, répondis-je, je n'aurais jamais osé vous demander des explications sur votre passé. Mon bonheur est grand de vous entendre dire que je peux vous aider à sortir d'une situation pénible, car je vous aime. Mais promettez-moi tout de suite que vous ne ferez jamais rien pour attirer sur vous des scandales dont souffriraient vos enfants, votre famille et nous-mêmes. Qu'une vie nouvelle soit possible pour vous et vous apporte le calme et la tranquillité, je l'es-, père, je le souhaite avec vous. Mais dites-moi, jurez-moi que le bonheur, pour vous et pour moi réunis, ne peut se trouver que dans une existence régulière, tranquille, normale.

Louise de Saxe, sans me répondre, s'agenouilla et parut prier avec ferveur.

Depuis, je l'ai entendue cent fois rire des croyances religieuses et vilipender les prêtres.

J'étais debout près d'elle. Pris soudain d'une folle terreur, je me sentais entraîné dans un tourbillon. Je ne savais plus que souhaiter : ou la réalisation de ce que je venais d'entendre et de dire moi-même, ou l'anéantissement de mon rêve d'amour profond et idéal. Mais la Princesse se releva et m'attira devant un grand Christ. Elle s'arrêta, tendit vers le Sauveur ses petites mains gantées et me dit :

— Je te jure, Henri, que je serai ta femme, que je te serai soumise, aimante, fidèle. (Les mêmes paroles qu'elle avait dites à la villa). Je t'aimerai de toute la tendresse d'un cœur qui a souffert. Tu seras mon unique pensée, ma seule joie.

Je l'interrompis :

— Après vos enfants, pourtant.

— Oh! sois béni, déclara-t-elle. Tu comprends

toute l'angoisse, tout le déchirement de mon cœur maternel.

Elle me serra fortement la main et dit :

— Jure à ton tour.

Je la regardai. Elle était pâle et visiblement émue. La fatalité m'entraînait. J'étais subjugué, je répondis :

— Si vous devenez jamais la compagne de ma vie, je vous jure que je vous aimerai follement. Vos joies seront mes joies, vos peines seront mes peines. Les mêmes échos s'éveilleront dans nos cœurs. Nous vivrons unis dans l'amour comme dans la douleur. Mais réfléchissez, Louise, voilà comment je veux aimer et être aimé : Tout ou rien... N'allons pas plus avant dans les serments solennels. Prenons tous deux le temps d'être à nous-mêmes. L'entraînement est souvent funeste.

— Je veux te voir chez toi, répliqua Louise de Saxe. C'est dans l'atmosphère familiale que je souhaite de te connaître, dans ton salon d'études, entouré des objets qui te sont familiers, Je veux t'entendre sur le piano où tu travailles, où tu composes. Puis-je venir chez toi, aujourd'hui, à deux heures, je ferai ainsi la connaissance de tes parents dont on m'a dit tant de bien?

J'écoutais, j'écoutais. Elle parlait, je répondais, mais je ne savais plus où j'étais ni ce que je disais.

Mon esprit jeune et vivement impressionné n'a perdu aucun détail de ma vie avec Louise de Saxe et les premières heures sont les plus profondément gravées en moi. Je me souviens que, d'instinct, je voulus défendre l'avenir. Si peu expérimenté qu'on soit à l'âge que j'avais, il me parut essentiel de dire :

— Vos désirs seront toujours des ordres pour moi ; mais souvenez-vous que dans la bataille de la vie, je ne veux de vous que l'appui d'un cœur fidèle. Je veux pouvoir me réfugier dans votre tendresse, y puiser des inspirations et l'énergie qu'il faut pour concevoir et réaliser des œuvres qui soient vraiment des œuvres. Mais pour me reposer ainsi en vous, il faut que je vous sente bien toute à moi, à moi seul. Vous m'avez rendu en un instant amoureux fou, gardez-moi tel que je suis. Je me donne à vous avec une confiance entière. Je ne sais de vous qu'une chose : vous êtes là devant moi dans ce moment et je vous aime. L'amour met, dit-on, un bandeau sur les yeux. Ne le déliez jamais de ces mains que je baise.

— Je suis heureuse, Henri, je suis heureuse, répondit-elle. J'ai trouvé en toi l'idéal que je cherchais. Une vie nouvelle s'ouvre pour moi. Merci! Oh! merci! Quittons-nous maintenant, mais dans trois heures je serai chez toi.

Je sortis de l'église et je la regardai s'éloigner. Au fur et à mesure qu'elle disparaissait une étrange angoisse me serrait le cœur.

IV

LOUISE DE SAXE FAIT LA CONNAISSANCE
DE MES PARENTS

On me pardonnera de m'étendre sur le temps le plus heureux de ma vie avec Louise de Toscane. Le moment où un amour commence où deux êtres sont attirés l'un vers l'autre est celui qui offre, je crois, le plus d'intérêt. En amour tout est plus beau avant qu'après.

Je rentrai donc chez moi après ma rencontre de la Princesse à l'église Santa-Trinita et notre étrange dialogue dans le silence d'une chapelle vide. Encore sous cette impression, j'annonçai à mes parents que Louise de Saxe viendrait le jour-même, à deux heures, faire leur connaissance.

Ma mère, qui est à moitié Italienne, moitié Française, puisque sa mère était Lorraine, joint

Maison habitée par la famille TOSELLI, à Florence.

à la sensibilité du Midi, le raisonnement sérieux du Nord. Elle fut stupéfaite de la nouvelle que j'apportais.

— Qu'est-ce que tu racontes-là, Henri ? me dit-elle. La Princesse de Saxe vient aujourd'hui chez nous ?

— Mais oui, maman.

— C'est étrange, extrêmement étrange. Ni ton père ni moi ne connaissons la Princesse et c'est elle qui, la première, vient nous faire une visite ? Permets-moi de te dire que cela ne me plaît guère. Nous avons une vie tranquille, un intérieur modeste, cette visite me paraît déplacée.

— Elle veut me voir dans mon milieu, dans mon ambiance... On lui a parlé de vous.

Ma mère regarda mon père qui ne disait rien et se contentait de nous dévisager l'un et l'autre.

Je ne connais pas d'homme meilleur au monde. Il est entouré à Florence de l'affection générale. Niçois d'origine, il opta pour la nationalité italienne en 1860, quand l'Italie céda la Savoie et le Comté de Nice à la France. Il a servi noblement son pays comme officier de Bersaglieri. Les fortes études qu'il avait faites

3

lui permirent, lorsqu'il prit sa retraite, de bonne heure, de passer les examens nécessaires pour être professeur de langue et de littérature françaises et d'occuper ses loisirs en entrant dans l'enseignement supérieur technique italien. Voilà près de trente ans que l'élite des étudiants toscans a reçu de lui le précieux enseignement d'une langue dont il a voulu que je connaisse ce qu'elle a de meilleur. Ma culture française, mon admiration des lettres et de l'histoire de la France, que je considère comme ma seconde patrie, c'est à lui que je les dois.

Optimiste par tempérament, toujours désireux d'arranger les choses, il fut le premier à dire :

— Ce qui est fait est fait. La Princesse vient, la courtoisie nous oblige à la bien recevoir.

Avec une précision toute royale, à deux heures sonnant, Louise de Saxe arriva en automobile et entra dans notre salon. Elle fut charmante, simple, enjouée, délicieuse. Elle s'intéressa à tout ce qui nous concernait.

Le grand salon, chez nous, est occupé en partie par mon piano personnel, un grand Erard, format de concert, encombré de photographies, de bibelots qui sont les souvenirs de mes voyages et des auditions que j'ai données à l'étranger. Il y a là les portraits de mes maîtres : Sgambati, Chiostri, Federico Sarti et Giuseppe Martucci, professeurs illustres. Sgambati enseigne au Conservatoire de Rome et dirige le quatuor de S. M la Reine Marguerite. Chiostri, mort trop tôt, a été un des plus grands violonistes du temps et un merveilleux maître de musique classique. Sarti est une gloire du Conservatoire de Bologne. Giuseppe Martucci, autre inoubliable artiste, disparu hélas ! révéla Wagner à l'Italie. Ce fut aussi une illustration bolonaise.

Nous dûmes parler de chacun de mes maîtres à la Princesse. Puis, elle tomba en arrêt sur les souvenirs que je garde de la Cour Royale. Appelé à l'honneur de jouer au Quirinal, à diverses reprises, j'ai reçu de bienveillantes marques et de précieux témoignages de l'immense bonté de S. M. la Reine Marguerite. Il fallut tout raconter à notre princière visiteuse. Les moindres choses l'intéressaient, l'enthousiasmaient. Elle s'informa aussi de notre famille et de son passé. Mon père dut lui montrer le portrait que nous conservons précieusement de Pierre Toselli, mon bisaïeul, qui mourut Maire de Nice.

Mon grand oncle, Jean-Baptiste Toselli, son fils, a rapporté de lui dans son *Précis historique de la ville de Nice*, un fait peu connu, qu'il est curieux, je crois, de mentionner ici :

En 1796, lors du passage de l'armée d'Italie commandée par le Général Bonaparte, quelques bataillons arrivés à Nice ne voulaient plus marcher sous prétexte qu'ils n'avaient ni souliers ni argent, et s'étaient dispersés dans la ville.

« A cette nouvelle, dit mon grand oncle dans son livre, Bonaparte partit aussitôt pour aviser aux moyens de calmer ces mutins. Il traversa la place Saint-Dominique, entra dans la rue du Marché et y trouva un attroupement de récalcitrants auxquels il voulut, mais en vain, faire entendre raison.

« — Donnez-nous du pain et des souliers, Général, criaient-ils, alors nous marcherons.

« Ils s'excitaient mutuellement, leurs cris augmentaient, l'affaire devenait grave, quand notre bien aimé père, le négociant Pierre Toselli, qui, sur la porte de son magasin, était témoin de l'embarras du jeune Général, craignit qu'il ne lui arrivât malheur et eut l'heureuse inspiration d'ordonner à ses employés d'apporter en toute hâte le pain et le vin qu'ils pour-

raient réunir afin de le distribuer aux soldats
Cet acte de généreuse spontanéité calma les
esprits et Bonaparte eut raison des mutins ».

S'associant à nos souvenirs, Louise de Saxe
gagnait sans peine le cœur de mes parents.

— Oh ! comme j'aime, dit-elle, la société des
artistes. Ils ont des idées nobles et généreuses ;
ils s'affranchissent des préjugés mesquins. Avec
eux, tout a de l'intérêt, de l'imprévu. Si vous
saviez la façon dont, à la Cour de Dresde, les
artistes sont traités ! Quand on leur a payé leur
cachet, tout est dit. On les tient à l'écart comme
de simples salariés. Je me souviens qu'un soir,
au palais royal, une soirée intime fut organisé
pour entendre Paderewsky. Il interpréta merveilleusement du Chopin. Il joue comme un
dieu. Sous ses mains le piano est tantôt une
harpe du ciel, tantôt l'orchestre même des voix
de la nature. Quand il eut fini, personne de ma
famille ne bougea, personne ne le complimenta.
Moi seule, dans un élan d'enthousiasme, me
précipitai vers lui et le félicitai chaudement.
Mon acte de courtoisie, si naturel, déplut vivement à mon beau-père. Il me foudroya du regard
et me dit ensuite que ma conduite et ma tenue
n'avaient pas été celles d'une Princesse royale.

L'étiquette, cette espèce d'armure de préjugés et de sottises, presque toujours grotesque, me paralysait. Elle étouffait en moi toute liberté. J'ai une nature expansive et des idées modernes, comment pouvais-je supporter l'existence de Cour? J'ai pu la tolérer un certain temps, mais m'y soumettre, m'y accoutumer, jamais.

Nous l'écoutions, très intéressés. Elle ne s'arrêtait plus. Elle s'excitait. Elle continua en disant :

— Il faut vivre à la cour de Dresde comme j'y ai vécu pour connaître ses intrigues, ses bassesses, ses comédies, ses farces et, hélas ! ses drames aussi. Mais les drames se jouent dans l'ombre des coulisses du trône, car la Cour est un théâtre, triste théâtre et triste école. Les scènes varient selon les caractères et les intérêts en présence ; mais quelle horreur de ne sentir autour de soi que des calculs, des combinaisons, des complots et pis encore. Parfois le spectacle est amusant. Si on pouvait toujours rester simple spectateur, ce serait drôle, mais il faut être acteur soi-même, et dans l'action où l'on joue un personnage, on engage ses goûts, ses idées, ses espoirs, son honneur, sa liberté, son sang.

Après avoir ainsi parlé, la Princesse, changeant de ton, se mit à rire à propos des ridicules de Cour et j'eus comme une espèce d'intuition du plaisir qu'elle avait pu prendre à l'existence artificielle qu'elle condamnait et dont elle plaisantait après l'avoir quittée. Je me demandai si elle n'était pas maîtresse dans l'art de tirer les ficelles de ces pantins que sont les hommes. Je la regardai...

Elle venait de prendre sur un meuble une petite lampe antique, en terre cuite, très originale et qu'un de mes amis, retour de Rome où il avait assisté à des fouilles, m'avait donnée. Mon père, chaque fois qu'il examinait cette petite lampe, ne manquait jamais de citer deux vers de la *Lucrèce* de Ponsard :

> Lève-toi, Laodice, et va puiser dans l'urne
> L'huile qui doit brûler dans la lampe nocturne...

Il n'omit pas de faire sa citation favorite, et la Princesse parut admirer cette lampe qui éclaira peut-être, il y a deux mille ans et plus, la vertueuse existence de quelque Lucrèce filant aussi la laine au foyer conjugal. Je demandai à Louise de Saxe de me faire l'honneur de l'accepter en mémoire de sa visite. Elle me remercia et mit la petite lampe dans son manchon avec une joie enfantine, puis elle s'en fut en disant à ma mère qu'elle lui écrirait avant peu pour l'inviter à la villa Montauto. Je l'accompagnai jusqu'à sa voiture, je lui baisai la main et elle murmura en me regardant dans les yeux :

— Toujours et pour toujours à toi.

V

Après la visite de la princesse de Saxe, j'attendis six jours de ses nouvelles. Ces six jours parurent interminables à mon cœur amoureux. Enfin ma mère reçut le billet dont voici la copie textuelle, aux noms près des personnes désignées.

16 décembre 1906.

Désirant que Lady P. entende votre fils, je vous prie de me faire savoir si jeudi prochain, à 4 heures 30 après-midi, mon automobile pourra venir vous prendre. J'ai aussi invité Madame B. Puis-je attendre un « oui » ?

Croyez-moi, chère Madame,

Votre
LUISA DE TOSCANE.

Ma mère répondit que nous acceptions cette aimable invitation.

La princesse nous reçut avec effusion. Elle nous présenta ma mère et moi à Lady P. qui fut très aimable, mais d'une amabilité toute anglaise. C'est une femme de haute naissance et d'une intelligence supérieure, très douée et qui a dû être merveilleusement belle. La princesse était aux petits soins pour elle. Il me sembla même qu'elle exagérait. Elle était à genoux devent Lady P. et lui parlait avec quelque chose d'empressé, de servile qui me déplut. Lady P., avec son grand air imposant, paraissait la protéger. Sa toilette était d'une simplicité élégante, tandis que la princesse avait une robe décolletée, presque théâtrale et hors de propos pour une réception intime.

Il faisait dans son salon un froid sibérien, car il ne faut pas compter avoir chaud dans les vieilles maisons italiennes quand, par hasard, il fait froid au dehors. Les bras, les épaules de Louise étaient d'un rouge violet. J'en étais exaspéré.

Au moment où nous prîmes le thé, la mignonne princesse Monica entra au salon, suivie de sa gouvernante. Cette enfant était très belle avec ses boucles dorées et ses grands yeux noirs au regard vague et triste, trop triste. Sa mère la prit, la fit sauter sur ses genoux, l'amusa un moment, la caressa, mais se lassa vite.

Je comprends maintenant que même dans l'amour maternel la nature mobile de Louise de Saxe commande à ses sentiments. Les enfants pour elle sont des jouets. Elle s'en distrait, elle s'en pare surtout, car un bébé est un brevet de jeunesse ; mais une gouvernante a toute la responsabilité, et la princesse ne s'est jamais occupée elle-même, vraiment, de ses enfants et ne saurait sacrifier à une petite créature sortie d'elle, une heure de promenade.

Madame B. chanta des romances intéressantes de Richard Strauss. Je jouai divers morceaux. Lady P. eut l'amabilité de me complimenter. Je l'écoutais à peine. J'étais frappé de l'attention grave de la petite princesse Monica. Je la vois encore, debout, près de la table du salon. Elle était silencieuse, immobile, pensive. Elle n'avait rien de l'insouciance et de la gaité adorable des enfants heureux.

Vers six heures seulement, il me fut possible de m'approcher de Louise de Saxe, un peu à l'écart. Hâtivement et à mi-voix, elle me dit :

— Je viendrai demain à deux heures te prendre en automobile. Nous ferons une longue
promenade aux environs de Florence. Nous
serons enfin seuls... Cette société m'opprime,
m'énerve. Le grand air, la solitude de la campagne, le silence, voilà ce que je veux pour
jouir en liberté avec toi, cher Henri, des mer-
veilles de la nature. A demain, n'est-ce pas ?

— A demain, chère Louise, et merci pour les
heures d'attente délicieuse que je vous devrai.

Elle eut pour moi un sourire divin... L'auto
nous ramena à Florence. Je rêvais... Quel réveil
à présent !

VI

PROMENADE EN AUTOMOBILE A RIGNANO SUR L'ARNO

Dès notre retour, ma mère qui se doutait de quelque chose d'insolite, n'eut pas de peine à me confesser. J'avouai sans difficulté la promenade à laquelle la princesse venait de me convier pour le lendemain.

Le soir à la table de famille et le jour suivant, jusqu'à l'heure où la princesse vint me prendre, la conversation entre ma mère, mon père et moi fut une interminable discussion.

— Comment ! la princesse vient elle-même te chercher, disait ma mère. J'ai connu un temps où une femme de monde aurait eu plus de respect d'elle-même, plus d'égards pour les convenances. Elle est charmante, la princesse, mais ne va-t-elle pas un peu loin dans ses bravades et ses caprices ?

Je répliquai :

— Il s'agit d'une simple promenade, une promenade d'artistes. La princesse a bien le droit d'admirer la campagne et de chercher à échanger des idées dans un décor qui plaît à sa nature indépendante et éprise du beau.

Mon père souriait en regardant ma mère.

— Une princesse, ma chère, observa-t-il, n'est pas une femme comme les autres, et celle-ci est princesse entre toutes les princesses. J'imagine que cette promenade ne peut avoir aucune importance.

— J'aimerais autant qu'elle ne se fît point. Je ne voudrais pas voir Henri engagé dans une aventure dangereuse.

— Quelle aventure à craindre ? répondit mon père, toujours indulgent. Il est jeune, les aventures sont de son âge.

— La princesse est jeune aussi, objecta ma mère, et beaucoup trop, à mon avis.

Les mères ont un instinct qui ne les trompe pas. Mon père, lui, même averti de l'étrange succession des évènements qui venaient troubler notre existence, ne voyait au pis aller là-dedans qu'un caprice de jolie femme et un amourette de jeune homme, tous deux également libres.

La discussion durait encore lorsque l'auto de Louise de Saxe arriva. J'étais prêt, j'attendais, je sortis précipitamment.

— Quelle belle journée ! Quelle magnifique promenade nous allons faire, s'écria la princesse en me tendant sa jolie main.

Je m'assis en face d'elle et à peine étions-nous hors ville que Louise me dit :

— Henri, mets-toi près de moi. Voici la campagne, nous n'avons plus à craindre les regards indiscrets.

J'obéis et m'assis à côte d'elle. La voiture filait à grande allure et nous causions intimement.

— Sais-tu, cher Henri, me dit Louise, qu'au mois de mai prochain nous pourrons nous marier et être unis pour toujours ?

Je ne m'attendais nullement à une déclaration aussi précise et j'eus le sentiment que la femme que j'aimais voulait non seulement m'enchaîner mais encore m'étourdir. Je l'écoutais, stupéfait.

— Les démarches pour obtenir l'annulation de mon mariage, continua-t-elle, sont en bon chemin. Le Vatican et la Cour de Dresde correspondent quotidiennement. Quand tout sera terminé, je pourrai voir mes enfants autant que je le désirerai.

Impressionné de son insistance à l'égard du mariage, j'osai réagir et lui demander :

— Mais quelle grave raison, Louise, fera-t-on valoir au Vatican pour annuler votre union avec le roi de Saxe ?

— La base, le point essentiel de cette annulation qui doit me rendre mon entière liberté, provient de ce fait, que mon mariage m'a été imposé. Je n'ai pas dit « oui » librement. Mon père et ma mère m'ont contrainte à épouser le prince Frédéric Auguste de Saxe en me menaçant, en cas de refus, de m'enfermer pour toujours dans un couvent. J'étais entre l'enclume et le marteau. Que pouvais-je faire ? Mes parents voulaient cette union. Leur orgueil satisfait de penser que leur fille serait reine un jour, les y poussait absolument. L'égoïsme leur persuadait qu'une couronne valait bien le sacrifice de ma jeunesse, de ma liberté, de ma croyance en l'amour. Si j'étais malheureuse, si mon cœur, si ma vie étaient brisés, tout cela n'avait aucune importance à leurs yeux. Les raisonnements sont vains à la Cour de Lorraine. (1) Les sentiments les plus sacrés, les aspirations à une vie

(1) C'est sous ce nom qu'est désignée la maison du Grand Duc de Toscane.

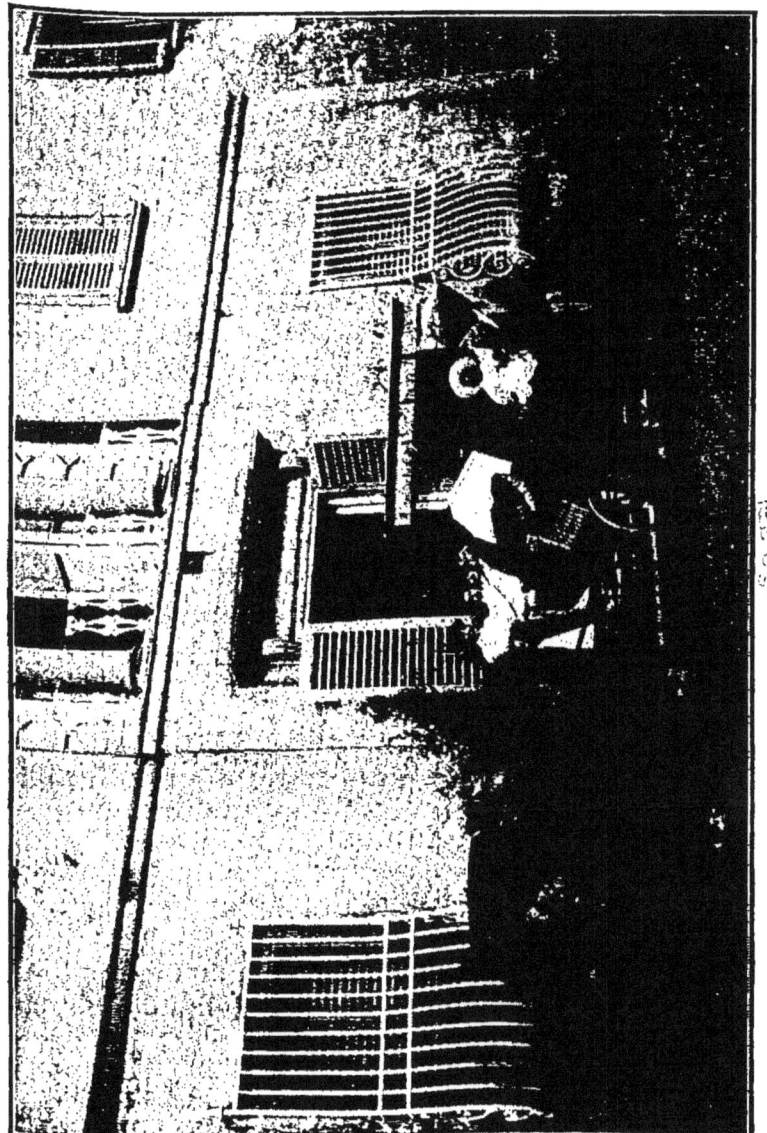

La princesse LOUISE en petit déplacement.

simple et naturelle y sont proscrits et con-
damnés. La vanité, masquée d'une religion
outrée, doublée du plus pur jésuitisme, règne
en maîtresse absolue. Comprends-tu, Henri,
combien j'ai souffert en me voyant ainsi sa-
crifiée et, avec moi, mes plus chères illusions,
faites d'espoirs généreux, brutalement détruites?

Elle parlait avec angoisse, sur le ton de la
douleur contenue. J'étais troublé ; je sentais
dans ce chaos des obscurités et des incohérences,
et une voix intérieure me criait de me tenir sur
mes gardes. Mais j'étais un tout jeune homme,
j'avais sur les yeux un bandeau et j'étais près
d'une femme enviable. Quand ma raison essayait
de parler, mon cœur, mes sens, mon imagination protestaient et la faisaient taire.

Avant d'arriver à Rignano, sur l'Arno, nous
descendîmes de l'automobile pour aller en paix
à travers la solitude du paysage. La princesse
prit mon bras. Je sentis, appuyée contre mon
corps, cette créature que je trouvais exquise,
divine. J'étais transporté dans ces régions du
désir où l'homme ne voit plus sur terre que le
moment de passion qu'il espère.

Aujourd'hui ces souvenirs soulèvent en moi
un sentiment de répulsion et d'horreur. J'ai

4

appris à mes dépens tout ce qu'une apparente bonté et des dons de séduction peuvent cacher de calculs et de pièges.

Cheminant côte à côte, nous arrivâmes à Rignano sur l'Arno. Un modeste restaurant, gai, clair, bien situé, me permit d'offrir a Louise un thé improvisé. Elle accepta joyeusement et, les mains dans les mains, les yeux dans les yeux, comme feront toujours les amoureux, nous nous sommes dit ce que tout le monde se dit et qui paraît toujours nouveau...

Au bout d'une heure et demie, nous reprîmes la route de Florence. En me quittant, Louise m'indiqua qu'elle me préviendrait dès qu'elle serait libre pour que nous pûssions nous retrouver. Je la quittai, mais mon cœur la suivit je et la désirais de nouveau, de toute mon âme.

VII

NOUVELLE RENCONTRE, NOUVELLE PROMENADE,
HISTOIRE D'UNE BAGUE DE FIANÇAILLES

Quelques jours après, la femme de chambre de confiance de la princesse et l'une des créatures les plus singulières que j'ai vues dans l'entourage de cette malheureuse femme, apportait à ma mère, à huit heures du matin, la lettre suivante :

Chère Madame,

Voici ma femme de chambre qui attend l'adresse du palazzo Montagliari que je voudrais voir aujourd'hui même. Auriez-vous la gentillesse de vouloir bien écrire au crayon le numéro du palazzo ?

Croyez-moi toujours,

LUISA DE TOSCANE.

Je compris parfaitement que ce billet, que je ne pouvais manquer de voir à l'heure où il arrivait, ne devait être pour moi qu'une indication de rencontre. J'obtins de ma mère qu'elle me remit sa réponse et je passai la donner moi-même à la femme de chambre, soi-disant pour demander des nouvelles de la princesse.

— Son Altesse m'a dit de l'attendre via Lamarmora. Elle y sera dans un quart d'heure.

La via Lamarmora est la rue que nous habitons. Je sortis sur les talons de la femme de chambre et à peine arrivé sur la place du couvent de Saint-Marc qu'illustre le souvenir de fra Angelico, je rencontrai Louise de Saxe.

— Quel heureux hasard ! dit-elle en souriant.

Cet heureux hasard me permit de l'accompagner jusqu'au palais Montagliari, sur le désir qu'elle m'exprima de m'avoir pour guide. Elle avait congédiée sa femme de chambre et je lui dis :

— Je suis infiniment heureux de vous revoir, Louise. Quand vous êtes loin de moi, l'existence m'est pénible.

Elle sourit et me serra la main sans répondre. Je n'osais reprendre la parole. J'attendais qu'elle me fît part de ses intentions, de ses projets. Mon attente ne fut pas longue. Elle me déclara soudain qu'elle avait l'intention de se remettre à l'étude du piano et me demanda si je consentirais à lui donner des leçons. Elle ajouta en riant qu'elle ne trouvait pas de meilleur moyen de nous voir plus souvent.

Je lui répondis que je serais charmé d'avoir pour première et unique élève une si admirable créature.

Nous étions aux anges l'un et l'autre. Arrivés au palais Montagliari, elle demanda le prix de location du premier étage sans vouloir le visiter et nous retournâmes sur nos pas. Mais avant de nous retrouver sur la place Saint-Marc, Louise de Saxe s'arrêta.

— Henri, dit-elle, je viendrai te prendre en automobile ce soir, à huit heures et demie. Attends-moi sur la place Savonarole, du côté de l'église. Il faut que je sois seule avec toi. Si tu savais combien je t'aime...

— Mon cœur, Louise, vous appartient et je vous aime aussi passionnément.

Je baisai sa main avec tendresse et j'attendis impatiemment le soir.

A l'heure fixée, l'auto s'arrêta devant l'église. La princesse donna l'ordre au chauffeur d'aller aux Cascine, célébre promenade qui est le Bois de Boulogne de Florence. Dès que nous fûmes côte à côte dans la voiture, elle s'écria :

— Oh ! Henri, quel bonheur ! quel bonheur ! Dès que nous serons à la fin du mois de mai, je serai ta femme. J'ai vu ce matin, en te quittant, l'avocat de S. M. le Roi de Saxe, M. Léonida Mattaroli. Il va partir pour Dresde. Il doit arrêter les derniers arrangements avec la Cour et presser l'annulation de mon mariage. En attendant, cher bien aimé, dès ce moment je t'appartiens toute car je suis ta fiancée... Ferme tes yeux chéris et ne les rouvre que lorsque je te le permettrai.

Je fermai les yeux. Je sentis aussitôt deux petites mains qui me prenaient doucement la tête tandis qu'un souffle chaud et parfumé envahissait mon visage... Ses lèvres se posèrent sur les miennes et y laissèrent une bague... Ce fut une sensation rapide, brûlante, une joie infinie et indéfinissable.

— Ouvre tes yeux, mon Henri, et garde bien la bague de fiançaillles, porte-la toujours, à ton doigt. C'est mon premier gage d'amour qui te dira sans cesse que mon affection sera éternelle. Tu es plus jeune que moi, mais je te serai si devouée, si aimante, que les années qui me firent ton aînée disparaîtront sous la force constante de ma tendresse.

— Merci, Louise, balbutiai-je. Je ne sais plus que dire. Mais j'espère, je sens, que je ne serai plus seul. Pendant les très longues journées durant lesquelles nous serons séparés, j'aurai à mon doigt ce souvenir qui me fera croire que vous êtes près de moi.

Ce souvenir, à présent, je ne l'ai plus et je ne regrette que d'avoir pu l'accepter un moment. C'était une bague ornée d'un saphir qu'encadrait un brillant de chaque côté. Quand nous fûmes mariés, Louise prit un jour cette bague et sans me prévenir, fit monter les pierres en épingle de cravate. Elle m'offrit cette épingle à l'occasion de je ne sais plus quelle circonstance et, un peu de temps après, la reprit...

J'ai réfléchi bien des fois à tout cela, bien des fois, j'ai rougi de ma candeur. Mais alors, où étais-je ? En plein ciel.

L'auto nous transportait dans la nuit même à travers le bois plein de silence et de mystère. Quels instants inoubliables ! La princesse donna l'ordre au chauffeur d'aller à Fiesole. Les sept ou huit kilomètres de chemin furent faits à toute vitesse. Au réel et au figuré, j'étais emporté dans une course à l'abîme.

Parvenus sur la place de la vieille ville étrusque, nous rebroussâmes chemin pour aller au viale dei Colli jusqu'au piazzale Michel-Angelo où nous descendîmes de voiture.

Comment décrire l'impression que je ressentais en serrant sur mon cœur une femme adorée, sous un ciel pur, au-dessus de Florence majestueuse et resplendissante, étendue à nos pieds. Dans cette minute de fièvre, de poésie et d'amour, je sentais l'inspiration musicale me pénétrer d'un frisson divin. J'exhultais de toutes les forces de ma jeunesse et je me persuadais que mon art me réservait un avenir glorieux. J'imaginais déjà les couronnes que je déposerais aux pieds de celle que j'aimais.

Cette nuit splendide était froide. Louise de de Saxe ne semblait pas s'en apercevoir. Appuyée à la rampe qui entoure la place Michel-Angelo, elle paraissait songer au passé ou à l'avenir. Un frisson nerveux l'agita tout à coup et elle fit un geste comme pour chasser une douloureuse pensée.

— Oui, oui... il le faut absolument, s'exclama-t-elle. Je ne puis vivre seule, j'ai besoin d'être

comprise, j'ai besoin d'aimer, d'être aimée. Oh !
Henri, quand on saura que je suis protégée, que
je suis tranquille, tu verras qu'on m'accordera
de voir mes enfants. C'est alors que je con-
naîtrai le bonheur complet.

— Nul plus que moi ne vous le souhaite,
Louise, et je serai heureux de partager votre
bonheur.

— Oh ! Henri, je comprends que j'ai commis
de graves erreurs... Si je pouvais retourner sur
mes pas, je t'assure que je n'abandonnerais ni
la Cour, ni ma famille et encore moins mes
enfants. Mes ennemis, profitant de ma faiblesse,
m'ont jouée ignoblement ; mais par bonheur,
je suis encore jeune. Forte de ton amour, j'espère pouvoir prendre ma revanche avec fierté et
avec noblesse... La soirée est si pure que je
voudrais ne pas rentrer chez moi et me promener à ton bras jusqu'à l'aube : mais il faut
que je rentre à cause de Monica... L'existence
est faite de sacrifices...

. . . .

J'ai mis des mois et des mois à reconnaître
tout ce qu'il y avait d'insensé dans ces phrases
de comédie qui se gravèrent dans mon cœur.
Je n'écoutais d'abord que la musique. Le sens

réel des paroles n'est parvenu à mon esprit qu'à la sombre clarté des désillusions. Que venaient faire ses enfants et Monica et cette histoire d'annulation de mariage dans les instants où je me livrais tout entier ? Pourquoi voulait-elle d'un mari ? Pourquoi étais-je celui qu'elle avait choisi ? Je ne m'explique rien encore. On ne peut pas s'expliquer ce que fait Louise de Saxe. Mais enfin, tout ce qu'elle disait tendait à l'auréoler de vertus. Elle n'était qu'une victime de la méchanceté des hommes, sans quoi elle eût été la plus aimante des épouses et la plus dévouée des mères. Il fallait que j'en fusse persuadé et je le fus parce que j'étais aussi sot qu'enivré de désirs amoureux. Quand on en arrive où j'en étais, on est lâche avec soi-même.

Rentré, après cette soirée d'émotion intense, dans ma chambre, chez mes parents, j'essayai de raisonner mon cas et ce qui venait de se passer. Au milieu des choses familières et qui me sont si chères, dans l'atmosphère paisible de la maison honnête où j'ai grandi, je me disais que j'étais entraîné dans les flots par une sirène redoutable. Je sortis de mon doigt la bague de fiançailles, furieux et gêné de l'avoir acceptée. N'est-ce pas moi qui devais, le premier, passer

un anneau au doigt de la femme qui acceptait
mon amour et me donnait le sien? Pourquoi
me laissais-je entraîner? J'essayais de me cram-
ponner, de me reprendre, mais je l'aimais
follement et, si je souffrais, je cherchais encore
à l'excuser !

VIII

SOUS L'ŒIL DE LA COMTESSE FUGGER

Peu de jours après, Louise de Saxe m'annonça que sa dame d'honneur, la comtesse Marie Fugger, arriverait à la villa Montauto. Elle me dit qu'il fallait être extrêmement prudent, car la comtesse était envoyée près de la princesse par ses parents, le Grand Duc et la Grande Duchesse de Toscane, avec la mission spéciale de la surveiller continuellement, de lui interdire toute distraction qui ne serait pas protocolaire et d'informer minutieusement la Cour des ses faits et gestes.

— En un mot, mon cher Henri, conclut Louise, je vais être prisonnière, j'aurai à mes côtés un véritable geôlier. Il est pourtant nécessaire et politique que tu fasses la connaissance de la comtesse. Bonne musicienne, elle adore la mu-

sique. Elle appréciera ton talent. Il faut la
conquérir à tout prix.

Trois jours plus tard, sans que je fusse averti,
le matin, à onze heures, la princesse et la comtesse Fugger arrivèrent via Lamarmora. J'étais
à mon piano, j'étudiais. Ces dames venaient,
dirent-elles, pour m'entendre. Je n'eus pas le
mauvais goût de me faire prier. La comtesse me
parut très intelligente, mais d'une nature froide,
altière, qui n'attirait pas, du premier coup, la
sympathie.

Louise, très simple, très à l'aise, tout en
restant très princesse, m'invita gracieusement à
prendre le thé à la villa, le jour de l'an.

Le premier janvier, j'allai donc à Bellosguardo
en jeune homme qui va faire simplement une
visite mondaine. Il faisait un froid de loup et le
vent des Apennins avait apporté de la neige qui
drapait de blanc la campagne florentine. J'arrivai à la villa dans un tourbillon de flocons,
enchanté de trouver, auprès d'un feu pétillant,
la princesse et sa dame d'honneur.

Notre causerie fut enjouée. Louise de Saxe
raconta qu'elle avait étudié le violon pendant
quelques années. Elle me fit voir son instrument,
me le présentant comme un superbe Joseph-An-

toine Guarnerius, fameux luthier de Crémone,
mort en 1745. Je ne pus, sur-le-champ, juger de
l'authenticité de l'instrument, mais je confessai
que je jouais aussi du violon en amateur. La
princesse me pria aussitôt d'emporter son Guarnerius, d'y remettre les cordes qui manquaient et
de revenir à la villa, le jeudi suivant, pour faire
de la musique avec elle et la comtesse Fugger.

Je rentrai chez moi, porteur du Guarnerius,
après avoir affronté sans accrocs le regard inves-
tigateur de la dame d'honneur dont j'avais,
m'avait-on dit, tout à craindre.

Le jeudi matin, à l'heure fixée, je revins à la
villa Montauto. La comtesse Fugger se mit au
piano, je saisis le violon précieux et nous fîmes
de la musique. Je pus apprécier le très réel
talent de la comtesse en même temps que ses
qualités de diplomate et d'observatrice. Elle ne
nous quittait pas un instant du regard. Que lui
avait-on dit? Que savait-elle? Florence, évidemment, ne se désintéressait pas de mes
rencontres avec la princesse, mais jusqu'ici,
quoi qu'elle pût penser, la dame d'honneur ne
laissait rien voir.

La matinée était très belle. La comtesse pro-
posa une promenade au dehors. Nous l'accep-

tâmes avec joie. Dieu merci ! je pus enfin être un moment seul avec Louise qui me dit :

— Dimanche matin, à huit heures, je t'attendrai ici.

Midi venu, je pris congé et rentrai chez moi.

Le dimanche, quand je revins, Louise de Saxe m'attendait au salon.

— La comtesse Fugger va sortir pour aller à la messe, m'expliqua-t-elle ; nous serons seuls encore une fois, après une très longue attente. Viens, il faut saluer la comtesse.

Je rencontrai la dame d'honneur dans le vestibule, prête à sortir. Elle nous regarda étrangement, mais fit bonne mine à mauvais jeu.

A dix heures, elle revint. Nous étions dans un certain trouble. D'un coup d'œil, elle jugea la situation... Elle appela la princesse et lui parla à demi-voix, puis, se retournant de mon côté, dit à bout portant :

— Vous désirez épouser la princesse de Saxe, paraît-il, M. Toselli ?

J'avoue que je ne m'attendais pas à ce coup de théâtre. J'eus du mal à répondre :

— Oui, Madame, je ne peux nier que j'ambitionne de rendre heureuse la princesse, si cela est possible.

— Voulez-vous venir un instant avec moi ?

Elle m'entraîna hors du salon, près d'une fenêtre qui donnait sur le jardin.

— Connaissez-vous la princesse de Saxe, sa vie, son caractère, Monsieur ? me demanda nettement la dame d'honneur.

Interdit, je n'eus pas le temps de répliquer. Elle reprit :

— Ecoutez-moi bien : Vous êtes jeune, vous appartenez à une famille honorable, vous avez devant vous un brillant avenir, vous pouvez tout espérer. Quand on en est où vous en êtes à l'âge que vous avez, il est aisé d'atteindre à la gloire et à la fortune ; mais prenez garde ! prenez garde ! le bel avenir qui s'annonce pour vous sera détruit, si vous épousez la princesse de Saxe. Plutôt que de commettre une pareille erreur, descendez à l'instant même au jardin et tirez-vous un coup de revolver dans la tête.

J'aurais dû l'écouter. Je me contentai de rester ahuri et muet... A ce moment la princesse survint.

— Avez-vous fini de parler en secret ? demanda-t-elle. Ne jouons pas de comédie. La comtesse, tu le vois, Henri, a tout deviné. Je n'ai rien à cacher ni à nier. Les paroles qu'elle

La princesse Louise (voile blanc) et la comtesse Fugger, sa dame d'honneur, habillées par fantaisie en religieuses, en 1906.

vient de te dire ont-elles pu te faire changer
d'idée à mon égard ?

— Assurément non, princesse.

— Sache bien, en tout cas, que je ne prétends
faire illusion sur personne et qu'il ne faut
jamais juger les autres, Henri, d'après soi-même.

En lançant cette sentence, qui me parut alors
très belle et d'une sincère franchise, elle passa
devant la comtesse en la dévisageant avec sévérité. Nous la suivîmes au salon et elle reprit :

— Je désire, Henri, que tu continues à pra-
tiquer le violon. Il ne faut négliger aucun
talent. Accepte que je t'offre mon Guarnerius...
Je t'écrirai quand nous pourrons nous revoir...
Aime-moi et appartiens-moi complètement. A
bientôt.

Je partis en emportant le Guarnerius. Je l'ai
encore. Je l'ai retrouvé dans un coin de dé-
barras. C'est un faux Guarnerius, comme on en
trouve dans les bazars.

IX

L'ENVOUTEMENT

Je crois qu'en janvier 1907 Florence entière
savait mieux que moi que je devais épouser la
princesse de Saxe. J'avais fui mes amis, délaissé
mes relations. Je ne me doutais guère des bruits
étranges qui couraient la ville et revenaient aux
oreilles de mes parents. Ils haussaient les épaules,
et leurs habituelles connaissances pensaient
comme eux. On disait : « Folie de jeunesse, histoire d'artiste. » On est indulgent aux amoureux,
en Italie. Nul ne pouvait savoir, d'ailleurs, où
en étaient exactement les choses entre la princesse et moi. Mes parents se rendaient parfaitement compte du penchant que nous avions
l'un pour l'autre, mais voulaient croire encore
à un flirt comme le monde en admet.

Cependant, au fond, ma mère plus perspicace,

craignait que l'affaire ne fut plus avancée que je ne le laissais voir. Elle continuait à s'inquiéter des suites d'une liaison possible. Mais si jeune qu'on le soit à vingt-quatre ans, on est hors de page, et quant à me retenir ou me confesser à ce moment-là, il n'y fallait pas songer.

Lorsque je ne voyais pas la princesse à la dérobée et dans des conditions romanesques, nous correspondions. J'ai gardé les innombrables lettres que j'ai reçues d'elle. Elles sont presque toutes longues et passionnées. Ce n'est pas sans émotion que je touche aujourd'hui ces feuilles sèches, tombées du mancenillier des illusions. Qui n'aurait été pris comme je le fus ? Qui n'aurait entraîné sa famille comme je l'ai entraînée, obligeant ma mère à surmonter ses plus intimes et ses plus respectables appréhensions. Jamais homme, je crois, ne s'est trouvé encerclé dans plus d'amour habile à capter un cœur. Je n'ai qu'une excuse dans mon malheur, c'est que je fus de bonne foi. Peut-être aussi, à certains moments, Louise de Saxe, était-elle sincère ? Mais elle a des sincérités successives et diverses.

Je le demande, qui ne se serait abandonné pieds et poings liés, pris par toutes les fibres, à

la femme qui écrivait des lettres où je lisais
ceci : (1)

30 janvier 1907.

*Ils font leur possible, ils emploient tous les
moyens pour me séparer de toi, mon Henri! Mais
ils n'y réussiront pas. Non, jamais, ils n'y réussiront!! Toute ma vie est à toi. Je te serai fidèle
jusqu'à la mort...*

*Aujourd'hui, j'ai eu la visite d'une personne
venue me dire que le bruit court dans toute la ville
que je suis éprise de toi et que je vais demander
l'annulation de mon mariage pour t'épouser. J'ai
laissé dire... J'ai été tellement dépilée que je me
suis enfuie telle que j'étais dans ma chambre et
que je suis allée errer au loin dans la campagne.
J'ai laissé la comtesse dans des angoisses telles que
pendant un quart d'heure elle me fit chercher
partout, croyant réellement que j'étais partie ou
que je m'étais sauvée via Lamarmora. Lorsque je
suis rentrée, la comtesse fut toute joyeuse et tran-
quillisée. Elle m'avait crue morte. Dès qu'elle*

---

(1) Les lettres que je cite sont toujours écrites en italien dans
le texte original quand elles me sont adressées. Je les ai traduites
aussi fidèlement que possible. Celles qui sont adressées à ma mère
ont été écrites par ma femme, en français.

s'aperçut de mon départ, elle était allée voir si mon revolver était encore à sa place.

Crois-tu qu'une vie comme la mienne puisse être tolérable ? En plus de cela j'ai appris de la Saxe que si jamais je me mariais, je n'aurais plus UN CENTIME. (1) Cela est inévitable ! Je ne pourrai cacher que je veux me marier à cause des pièces nécessaires. Je suis plus misérable que la plus pauvre des femmes ! Oh ! protège-moi, Henri, ou abandonne-moi ! Je ne veux pas être un poids dans ta vie ; mais sans toi, tout bonheur, tout espoir s'évanouit... Je mourrai... J'ai foi en ton amour plus qu'en moi-même...

Tu ne connais que mes bonnes qualités... Je suis à demi folle, têtue, capricieuse, habituée à ne jamais plier la tête, à faire tout ce qui me plaît ; j'aime à me faire courtiser, je perds facilement la tête. J'aime et je me lasse aussitôt : le changement tue le remords. Je suis une femme dangereuse qui rend tout homme amoureux. Je suis habituée au luxe, à l'élégance, à beaucoup dépenser. Voilà tous mes défauts... J'en ai encore mille autres que je ne connais point. Malheur à celui qui me connaît

(1) Ainsi souligné dans le texte. Les mots soulignés abondent dans ces lettres ainsi que les traits de suspension, les points d'exclamation et autres signes impressionnants.

*jusqu'au fond de l'âme ! Il doit être aussi léger que
moi, mais il doit m'aimer jusqu'à la mort...*

Que faisais-je? Que pensais-je? après avoir
reçu une telle lettre. Je pensais à rejoindre
Louise. Je la voyais dans un abîme de douleur.
J'admirais qu'elle se fut déchirée de ses propres
mains pour se montrer à moi sous des dehors
affreux afin d'éprouver mon amour.

Où ne va-t-on pas quand on vous dit : « Prenez
garde, il y a du danger ! » Je lui parlais de fuir.

— Que m'importe l'argent que vous perdrez.
Nous referons notre vie, vous serez mon Egérie !

Et nous avions des heures de souffrance et de
passion indescriptibles, à peine étais-je rentré,
qu'une autre missive venait m'achever.

31 janvier 1907, soir 11 heures 30.

*Seule, seule avec mes pensées, seule à chercher
la route sûre de notre bonheur ! Henri, écoute-moi,
entends-moi, l'amour le plus passionné, le plus
fidèle, nous unit... En avril, la petite (1) retour-
nera en Saxe, ensuite je serai libre. Je saurai alors
ce que je dois attendre, ce que je peux attendre...
La petite repartie là-haut, après avoir tout payé,*

(1) La princesse Monica.

tout emballé, tout arrangé, nous nous épouserons avec ou sans argent, Notre route est droite devant le monde... Tu auras le courage de dire une seule parole : Je serai ta femme par devant la loi et non la maîtresse ! Penses-y, réfléchis... Agis, réponds. Je serai ta femme, je te le jure. J'ai juré de l'être et je tiendrai ma parole. Tu seras l'homme le plus FIER *du monde car en face du monde entier tu diras : « J'épouse cette femme qu'un roi a mise à la porte et que moi, Enrico Toselli, je reconnais comme l'être le plus digne d'affection qu'il y ait au monde...*

Quand je relis ces lettres, je me sens comme au bord d'un abîme d'où je suis sorti rompu, écartelé.

Mais ai-je le droit d'étaler des intimités qui me parurent d'abord si douces et si précieuses ? Hélas ! j'ai suivi un chemin que je croyais céleste et je n'y trouve plus que des fondrières ! Mes yeux se sont ouverts. J'aurai le courage du chirurgien devant la plaie qu'il débride, et du malade qui veut que le bistouri le soulage.

Revenons donc à nos débuts de liaison tout enflammés d'amour.

N'a-t-on pas dit que je calculais ? Quel étrange

calculateur je suis et j'ai été! Je n'avais qu'à
suivre la voie honorable et fructueuse où j'étais
entré. Elle m'avait déjà rapporté plus d'une
quarantaine de mille francs gagnés en peu de
temps, et une notoriété rare à mon âge. Sans
réfléchir, je sacrifiais tout cela à la folie d'aimer
une princesse, pour entendre des paroles et des
histoires que d'autres femmes ne m'avaient pas
dites, et je me délectais des lettres incandes-
centes qui se succédaient!

3 février 1907, soir 9 h. 30.

Oh! Henri! Henri! mon Henri!

*Aujourd'hui j'ai passé près de toi et je ne t'ai
pas vu. Quand ma suivante (1) m'a averti, je me
suis éveillée comme d'un songe, le cœur traversé
de douleur. Mes pensées volaient avec la vitesse de
l'automobile au devant de toi. Je te croyais chez
toi et regardais le numéro 18. Je me suis retournée,
mais trop tard... J'aurais tué cette femme qui
m'accompagnait! Le désir de te voir aujourd'hui
mettait en moi un tremblement...*

*Dans une année tu seras assis à côté de mon lit;
tu m'embrasseras, moi, et un petit visage: celui de*

(1) La comtesse Fugger.

notre enfant! mais, en attendant, un peu de pa-
tience...

J'ai écrit à mon frère qu'il aura un rendez-vous
avec toi à Nice. Tu peux parler à mon frère comme
tu voudras...

Quel pouvait être le fond véritable des pensées
de cette femme plus âgée que moi de treize ans?
Pourquoi cette idée constante, dès le début, de
persuader l'amant qu'il ne doit être qu'un mari
et un père? Pourquoi cette volonté immédiate,
ce calcul arrêté d'enfanter et ainsi de me
prendre, de me lier? Pourquoi enfin mêler si
étrangement l'argent et l'amour?

Je rassemble mes souvenirs et je l'entends
encore m'interroger sur ma carrière artistique,
sur les résultats que j'avais déjà obtenus. Je la
vois se passionner, s'enthousiasmer à l'idée d'être
l'inspiratrice d'un artiste qui, dans sa compagnie, disait-elle, ne pouvait manquer d'être
grand.

Elle s'imaginait sans doute qu'un concertiste,
un compositeur, allait, du soir au matin, devenir un phénix par la seule vertu de son mariage avec Louise de Toscane, ex-princesse de
Saxe, et elle attendait de lui la sécurité de sa vie

future, tant au point de vue matériel que moral. On voit par ses lettres qu'elle envisageait tour à tour l'hypothèse d'être sans sou ni maille et celle d'obtenir une forte somme! A quel moment était-elle sincère ?

Je ne m'arrêtais pas à ces contradictions; je dédaignais les considérations financières; je ne doutais pas de mon avenir. J'avais la belle confiance de ma jeunesse. Il m'était indifférent que la princesse n'eut rien à attendre de la Cour de Saxe ; mais je dois à la vérité de déclarer que j'ignorais que sa situation réelle fut des plus embarrassées. Cette idée ne pouvait se présenter à mon esprit, car mes parents et moi-même nous avons toujours eu l'horreur de la moindre dette.

X

MA RENCONTRE AVEC L'ARCHIDUC LÉOPOLD
DEVENU M. WOEFLING

Parti pour Nice afin de préparer un concert qu'on m'avait demandé, je mis les choses en train et revins à Florence où, dès mon tour, je fus prié à déjeuner à la villa Montauto. Ce déjeuner me laissa une impression singulière. La comtesse Fugger était en tiers, l'air moitié figue moitié raisin. J'eus à peine le temps de dire quelques mots de Nice et du programme convenu, la princesse mit la conversation sur la religion. Elle parla des prêtres et du culte catholique en termes tels que si j'avais eu alors deux grains de bons sens, je me serais détaché d'une femme qui professait des opinions aussi subversives. Elle se répandit aussi en diatribes contre le Vatican.

— Ah ! si j'avais seulement cinq cent mille francs à donner à Rome, il y a longtemps que mon mariage avec le roi de Saxe serait annulé ; mais tout est pourri dans ce qui est en haut : prêtres, nobles, rois, empereurs, tout cela ne vit que pour l'argent.

J'ai entendu bien des fois ces divagations. Comment ai-je pu avoir la marque d'un esprit généreux, émancipé par l'amour des arts et de la liberté ?

L'époque du concert, à Nice, était proche. Je repartis, pour donner au théâtre des Capucines, sous les auspices de l'Association de Beethoven, la deuxième sonate de Grieg et d'autres morceaux que j'exécutai avec le violoniste d'Ambrosio. Je donnai ensuite un récital auquel l'archiduc Woefling (1) assista.

Sa sœur lui avait écrit et nous nous étions vus. Il m'avait paru un bon garçon ; il vivait en sauvage. Il vint m'entendre et fit sensation. Le concert commençait à quatre heures. L'archiduc arriva en habit et cravate blanche, accompagné d'une amie extraordinairement décolletée, très grosse et peu favorisée par la nature. Louise

(1) Je n'ai pas besoin de rappeler la retentissante rupture du frère de Louise de Toscane avec l'Empereur et la Cour d'Autriche.

avait averti son frère de son intention de
m'épouser. C'était déjà une chose aux trois
quarts faite sur le papier. L'archiduc m'en parla.
Je restai sur la réserve. Je dois dire qu'il
n'approuva pas le projet de sa sœur. Les opinions qu'il émettait sur sa famille témoignaient
de beaucoup d'indépendance d'esprit.

— Le roi de Saxe, me dit-il, est un... (ici une
appréciation trop personnelle). D'ailleurs, les
rois sont comme les autres hommes. Il y en a
un de bon sur cent et encore j'exagère. Quant à
ma sœur, elle est enragée. Elle n'a plus quatorze
ans, elle devrait rester tranquile... Enfin, si vous
l'aimez, c'est votre affaire. Peut-être qu'une fois
remariée, elle se calmera.

C'est un grand bel homme, blond, solide, la
voix forte, sincèrement aimable et enjoué. Il
habitait une pension anglaise où il en prenait à
ses aises. Il allait et venait en pantoufles. Je le
questionnai sur sa vie de Cour.

— La vie de Cour est la plus bête, la plus
fausse et la plus misérable des vies. Tout y est
truqué et insupportable. J'étouffais à la Cour.
Un homme libre a le monde à soi, mais un
prince, un roi, rien ne lui appartient et il
appartient à tout le monde.

Je laissai l'archiduc en compagnie de la personne avec laquelle il vivait, et je revins à
Florence après avoir assisté à l'exécution de
mon poème symphonique inspiré par le *Feu*, de
d'Annunzio. L'orchestre fut conduit par Gervasio et l'on fit un indulgent accueil à ma composition.

J'étais d'autant plus pressé de revenir à Florence que j'avais reçu la nouvelle d'un accident
d'automobile dont Louise venait d'être victime.
Elle s'était déjà cassé une jambe dans une chûte
à bicyclette. Cette fois, en voulant conduire
elle-même son automobile, elle l'avait lancée
contre un arbre. La comtesse Fugger était blessée
au genou, Monica avait une lèvre coupée, le
chauffeur s'était trouvé projeté hors de la voiture
et n'avait pas de mal ; mais la princesse, souffrait
de diverses contusions. Elle avait télégraphié à
son frère pour le rassurer autant que moi-même·

XI

HÉSITATIONS, DISCUSSIONS... REPRISE

L'accident de la princesse n'eut pas de suites inquiétantes. Jusqu'en juin 1907 j'eus peu l'occasion de la revoir et la correspondance entre nous fut espacée. La comtesse Fugger veillait et, d'autre part, je cédais aux conseils de mes parents.

J'étais revenu de Nice un peu effaré de ce que j'avais entendu dire, dans ma famille française, sur Louise de Toscane. J'avais été aussi fâcheusement impressioné par la vue de la compagne de l'archiduc Woelfling : une vie irrégulière me semblait la pire déchéance.

Un après-midi, avant de revenir à Nice, j'étais allé secrètement à la villa Montauto, par la petite porte qui donnait sur les champs. Louise m'attendait. Nous fîmes une promenade amoureuse dans l'ombre d'un petit bois, nous allâmes ensuite à travers la campagne. Le soleil flambait, il faisait chaud. Est-ce là que je pris du mal? Peu de temps après, une rougeole grave se déclarait.

Quoique la pensée de Louise fut constamment présente à mon esprit, je supportais plus aisément de ne pas la voir... Je finissais par comprendre qu'il fallait tirer au clair certaines choses. Si quelqu'un des miens avait lu ses lettres, ç'eut été bien pire. Que ne m'eût-on pas dit? Mais je les cachais jalousement.

On connait la sensibilité des artistes. On croira sans peine que pris dans l'aventure où j'étais pris, j'étais à peu près incapable de composer, de travailler comme à l'ordinaire. Mes parents me voyaient abattu, soucieux, indécis. Ils avaient constaté du reste que l'opposition que me faisait la comtesse Fugger n'avait fait qu'attiser chez moi le feu de la passion. Ils craignaient de m'exciter en me faisant une opposition déclarée. Enfin, pour tout dire, ils restèrent persuadés, jusqu'à la dernière minute, que l'union projetée était impossible et qu'elle ne se ferait pas.

Cependant, la princesse continuait de se poser en fiancée vis-à-vis de mes parents. Elle écrivait

Panorama de Fiesole.

à ma mère. Celle-ci lui répondait brièvement, mais bonnement. Contenue par sa tendresse pour moi, elle s'armait de patience. Mais elle ne pouvait pas dissimuler l'inquiétude que je lui causais tant par le trouble où j'étais qu'en raison des bruits qui couraient à Florence. La princesse voulut avant tout gagner ma mère. Elle lui écrivait, le 18 mars, une lettre qui, tout en répondant à ses justes alarmes, devait la conquérir par l'affection et les sentiments qu'elle exposait. Cette lettre débutait ainsi :

Maman, oh ! maman aimée,

Me voilà enfin, après tant de temps, — un mois et demi de torture, d'angoisse et de sacrifices, enfin à la veille de décisions qui régleront ma vie future, qui mettront mon âme en paix, donneront à ce pauvre cœur martyrisé droit à un peu de bonheur ! Je viens me jeter dans les bras de celle qui n'est plus qu'une mère, de vous, — maman chérie — que j'appelle avec toutes les forces de mon cœur !

Suivaient des phrases sur l'affection, l'amour, la fidélité, la passion, et enfin :

Je désire qu'Henri sache le contenu de cette lettre, qu'il sache qu'avant tout j'ai une confiance

6

ILLIMITÉE *en lui, en son fidèle amour, que je sais que* RIEN *ne saura le changer, mais aussi que je le supplie de ne jamais cesser de travailler, de se faire courage, de penser que je* DÉSIRE *qu'il pense à sa carrière, — que je souffre le martyre en songeant qu'il puisse se laisser aller au désespoir oubliant sa carrière, son beau talent! La douleur de ses parents, que je sens — sans leur pouvoir parler — augmente la mienne! Je le supplie de penser à mes paroles!*

Et maintenant je vous embrasse, je vous tiens serrée, maman chérie, je vous tiendrai au courant de tout. Embrassez pour moi les yeux, le front de celui qui, loin de moi, ne quitte pas même une minute ma pensée. Croyez à la sincérité, loyauté, fermeté de ma volonté, de mon cœur, je vous aime tous deux pour la vie.

Cette lettre toucha mes parents. Quant à moi, en réalité, je restais démonté, si démonté qu'après un grand concert de bienfaisance où j'avais paru à la préfecture de Florence, au palais Riccardi, je manquai volontairement un rendez-vous donné par Louise à la villa Montauto... Mais je fus repris par lettre. Dans mon désir de me posséder, de me recueillir, j'aurais voulu m'en tenir à des communications téléphoniques. Elle m'écrivait :

20 avril, soir, 11 heures.

Mon bien aimé,

Depuis vingt-quatre heures je suis comme dans une autre vie. Je suis un autre être depuis que j'ai entendu ta voix aimée qui m'a assuré que rien au monde ne me séparera de toi...

Cette lettre signée, comme beaucoup d'autres, «Nunc et Semper» flamblait comme une torche, d'un bout à l'autre... Et je m'enflammais !

Après que j'étais pris dans ma chair et mes sens, on me prenait par l'esprit et les sentiments. On me mettait en balance, par la lettre suivante, avec ce qu'il y a de plus sacré chez une femme et une mère : l'amour de son enfant.

Du 25 avril :

Henri ! Henri ! Mon Henri !

Tout est fini pour moi ! Hier soir j'ai dû décider ou de laisser ma petite pour toujours, la laisser aller, l'abandonner au destin inconnu et terrible, sans affection, sans une main amie... ou de détacher mon cœur de l'amour sans fin, l'unique amour de ma pauvre vie désormais ruinée.

Le devoir de mère, l'amour désintéressé qui ne connait aucun égoïsme, qui est prêt à tout sacrifier, cet amour me dicte ce que j'écris ci-dessus. Hier soir, tout le monde craignait que je meure. Je ne suis pas morte ! Je vis, mais comment ?... Quoiqu'il arrive mes bras sont à ton cou et sans rien dire j'étreindrai jusqu'au dernier soupir ce cœur qui est à moi.

Je fis un effort sur moi-même : Je parlerai sérieusement, profondément à Louise, je ne me laisserai pas entraîner sans voir où j'allais. Je ne voulais pas que Louise abandonnât pour moi la princesse Monica. Cette pensée m'était intolérable...

Nous étions dans son boudoir, rideaux baissés, portes closes.

— Louise, lui dis-je, j'ai reçu ta lettre. Ton cri de douleur maternelle m'a bouleversé. Je ne veux pas que tu abandonnes ton enfant à cause de moi. Ce sacrifice serait inhumain et je ne l'accepte pas. Ayons mutuellement confiance. Attendons les évènements. Ne sacrifions pas la petite princesse, cela nous porterait malheur. La pensée de l'innocence immolée à notre amourm'empêcherait d'apprécier la joie d'aimer et notre bonheur réciproque serait empoisonné.

Louise m'approuva. Et tout d'un coup il ne fut plus question du départ de la petite princesse Monica ni de la condition soi-disant imposée. J'en demeurai surpris.

— Louise, continuai-je, parle moi du temps passé. A quoi peux-tu songer lorsque nous ne sommes pas ensemble ?

J'essayais ce détour pour la ramener aux préoccupations dont je la supposais angoissée et dont je souhaitais qu'elle me fît confidence. Elle se lança alors dans des histoires extraordinaires dont j'eus beaucoup de mal à la détourner et qui toutes avaient pour but de m'assurer que j'étais le premier homme qu'elle eut vraiment aimé au monde.

Je m'attachai alors à lui redire qu'il fallait faire une croix sur le passé, renoncer à tout ce qui devait le lui rappeler et aller logiquement jusqu'au bout de ses actes. Autant je pouvais être fier et heureux d'aimer Louise de Toscane, autant je pouvais souffrir d'être le mari ou simplement l'ami de la princesse de Saxe. Si nous devions être unis, nous devions faire notre vie par l'art et le travail.

Elle m'approuva avec délire. Pendant plu-

sieurs jours je me persuadais que je pourrais
compter sur sa raison.

Le 4 mai au matin, après un rendez-vous où
je lui avais dit, une fois de plus, non sans viva-
cité, comment je concevais les devoirs et les
charges de la vie, elle m'écrivait :

Mon Henri adoré,

*Je suis si heureuse, si heureuse ! Je me sens mal
depuis hier ; je n'ai pas mangé, je n'ai pas dormi
cette nuit, mais mon cœur, mon âme repose dans
l'amour immense, dans l'immense affection plus
forte que la vie ! L'orage d'hier au soir m'a fait
comprendre ce que tu es, mon adoré Henri, je
t'aime doublement, si c'était possible ; l'admiration
et le respect (sic) que j'ai pour toi me lient à toi
pour la vie ! Tu as eu raison ; je me sens renaître
à une nouvelle existence. Avec toi j'oublierai le
passé et les douleurs ; en me connaissant de près,
tu verras que ton choix a été bon et que celle qui,
bientôt, sera ta femme n'est pas indigne de ton
amour. Tu verras que je n'étais qu'une pauvre
petite barque sans gouvernail dans la marée ora-
geuse de l'existence ! Jamais un bras fort n'a voulu
me secourir, jamais personne ne m'a défendue !*

Les fautes commises étaient dictées par un BE-

SOIN EXTRÊME *d'être aimée... de ne pas être seule!...* *En toi, mon adoré, je trouverai tout. Pour la première fois de ma vie, je suis — et je serai heureuse, tranquille, — j'y choisirai le* VRAI MOI *qui trouvera le vrai but de son existence. On ne peut comprendre mon amour ; je t'adore à un tel point que moi-même j'en suis émerveillée !*

Je te serre comme hier dans mes bras, mon Henri. Crois à la fidélité éternelle de ta

L.

Louise plus forte que moi en psychologie, m'avait senti fléchir. Elle redoubla de lettres dont je sens aujourd'hui tout le calcul.

Lettre du 5 mai (soir).

Quel bonheur ! je ne puis te le dire, mon adoré, combien je t'aime... J'ai été ce matin, tellement stupide que je ne pouvais parler... fatiguée, épuisée...

Et cinquante lignes suivaient, plus fortes qu'un philtre de Circé.

Je ne peux rapporter les termes que j'ai sous les yeux.

Si ensorcelé que je pusse être, je me débattais quand même à cette époque, mai 1907 et chaque fois que je voyais Louise, je m'efforçais de parler raisonnablement. Je lui disais :

— Ne compromettons pas ma carrière, ne compromettons pas non plus ta situation aux yeux du monde. Tu accuses la Cour de Saxe, mais songe qu'elle n'a pas tous les torts.

— On m'aurait enfermée, répliquait-elle, on m'aurait tuée.

Elle pleurait, elle sanglotait, elle se jetait à mon cou en déclarant :

— Je suis ta fiancée. Nous ne pouvons pas rester dans une situation irrégulière et dangereuse pour nous deux.

« Je l'ai aimée, je l'aime, me disais-je. On s'en doute, on nous épie. Si je la compromets davantage on va supprimer son apanage et j'aurai mis cette femme sur le pavé. Je ne peux pas ne pas l'épouser. »

Après tout, j'étais libre. C'est ce que je répétais alors à mes parents. Mais quelle douleur pour mon père et ma mère !

XII

CORRESPONDANCE

Un jour, toujours en mai, de deux heures et demie à sept heures, nous eûmes une explication décisive devant mes parents.

Sous peine de raviver les déchirements du cœur maternel, je ne peux insister sur les résistances que ma mère opposait. Mais elle est femme, elle est bonne, elle m'a gâté; elle voyait, d'un côté, une infortunée, une amoureuse, et qui pleurait; de l'autre, un fils qui suppliait et paraissait fou de désir. Elle finit par dire:

— Eh ! bien soit.

Mon père à l'écart, se taisait.

Le 8 juin, Louise, au retour d'une courte, absence — elle est toujours par monts et par vaux — écrivait à ma mère qui avait répondu à l'une de ses lettres enflammées un billet maternel :

> *Maman chérie,*
>
> *Quel baume sur mon pauvre cœur que vos deux paroles que je viens de trouver à mon retour, il y a quelques heures ! J'ai passé par des jours terribles, et, en voyage. j'ai été prise par des crises de désespoir telles que je suis restée des heures comme sans vie, mourante ! ne pouvant mourir ! Et la souffrance atroce, les nuits blanches, les longues agonies des heures du jour, appelant sans cesse celui qui est ma vie, l'essence de mon être entier ; pas une minute passée sans que je vois son image, sans que je souffre et agonise sachant qu'il est absolument nécessaire que je me prive de l'unique joie dans mon existence : de le revoir ! de revoir E. Et alors je tombe dans une mélancolie noire, j'ai des évanouissements causés par la tension trop forte de mes nerfs...*

Et ma mère était bouleversée à l'idée de mettre aux portes du tombeau un cœur si sensible.

Mes parents, comme moi, croyaient à l'amour de Louise. Nous n'avons vu que plus tard qu'elle n'a le sens d'aucun amour : Amour de mari, amour de père, amour d'amant, amour de mère, amour d'enfants, tout ce qu'il y a de meilleur en ce monde est lettre morte pour elle.

Ce même jour, 8 juin 1907, alors que ma mère était ainsi enveloppée de phrases sanglotantes, j'avais, moi aussi, mon billet personnel où la princesse était sensée me sacrifier tout et n'attendre plus que de Rome l'annulation de son mariage pour devenir ma femme devant l'église après qu'elle le serait devant la loi :

Finalement tous les pourparlers sont finis ; il ne reste plus que la réponse de Rome et celle-là, certainement, se fera attendre pendant un an ! ! Auras-tu la force, le courage, comme je l'ai moi-même, de lutter, d'attendre, de souffrir ? Dis-le moi, dis-le moi, oh ! mon Henri ! je te le demande avec anxiété, avec angoisse... Je suis martyrisée par les pensées, je vois que je suis entourée d'espions et d'autres gens qui font leur possible pour m'arracher à toi, pour m'en éloigner... Je ne puis faire un pas sans être suivie, je ne peux m'éloigner de la maison sans être acompagnée !...

J'y croyais ! Oui, j'ai cru aux espions, j'ai cru aux intrigues pour nous arracher l'un à l'autre ! J'ai passé dans les rues de Florence en dévi-

sageant des gens paisibles dans lesquels j'aper-
cevais de redoutables ennemis. J'ai fait le guet
autour de Louise, — comme don Quichotte
autour de sa Dulcinée.

Heureusement, mon imaginative amante partit
pour l'Angleterre, à Cromer, au bord de la mer,
emmenant la petite princesse Monica. Après
quoi, elle revint me rejoindre dans cette ville
d'art et d'amour pour laquelle j'ai un culte et
qui s'appelle Venise. Elle devait revenir d'Angleterre ayant tout arrangé pour que nous
pûssions être unis sous l'égide de la loi anglaise.

Elle m'avait écrit, de Cromer, le 4 juillet 1907 :

*J'ai tout arrangé, j'ai tout combiné, mon bien-
aimé, je vais t'expédier une dépêche que, le 26, je
serai à Venise. Sais-tu que je n'en peux plus !
Personne ne doit rien savoir. J'arriverai avec ma
femme de chambre, le 26, au soir directement de
Paris sans m'arrêter. J'irai sous un autre nom à
l'hôtel Luna. Toi, tu iras dans un autre endroit.
car personne ne doit savoir que nous sommes ensemble. Le 27, au matin, je prendrai une gondole
et je me ferai conduire où tu voudras... Nous nous
rencontrerons alors en gondole et nous filerons où
tu voudras...*

La voilà donc en route. Mais à Paris, arrêt. Le 22, et de l'hôtel Magellan, je reçois une nouvelle sensationnelle :

Aujourd'hui, je suis arrivée à ce que je craignais... l'opération de la cataracte de mon pauvre père arrive, précisément, pour me retenir... J'attends fiévreusement des nouvelles. Quand aura-t-elle lieu ? Mon père, dès aujourd'hui, est à Munich — aujourd'hui tout sera fixé. J'ai envoyé une dépêche au professeur pour savoir si je devais partir sans aller auparavant à Venise ; si oui, je t'en informerai, alors je viendrai après, mais cela serait après une huitaine... Je serai à la Luna (l'hôtel)... J'irai te chercher sur la place Saint-Marc. Si tu me vois, suis-moi toujours...

Les inquiétudes de Louise sur son père, le grand duc de Toscane, m'impressionnèrent vivement.

XIII

TROIS JOURS D'AMOUR A VENISE

J'allai donc l'attendre à Venise. J'étais au matin sous un portique, au café Florian. Je la vis paraître, place Saint-Marc, habillée de blanc, coiffée d'un panama où flottait une voilette blanche. Elle tenait à la main un petit sac en maroquin. Elle me vit et me fit signe d'entrer dans la cathédrale. Il n'y avait pas de messe à ce moment. Les fidèles étaient peu nombreux. Elle se dirigea sur la gauche du grand autel, vers un endroit sombre où je la rejoignis. Elle me prit aussitôt la main.

— Comme je suis heureuse, soupira-t-elle. Je croyais mourir de ne plus te revoir... Viens, nous prendrons une gondole, nous pourrons parler à notre aise, nous serons seuls.

On sait le charme et le décor de Venise. Nous

descendîmes la piazetta Saint-Marc, nous prîmes une gondole pour nous faire porter aux Giardini où, bras dessus, bras dessous, nous gagnâmes un des petits chalets élégants qui sont là. Nous étions à l'abri.des regards indiscrets et dans la paix du matin lumineux, dérangés seulement par des vols de pigeons qui passaient sur nos têtes. Nous parlâmes avenir et mariage. Louise me raconta que la comtesse Fugger n'avait plus d'influence sur elle. En partant pour Londres, Louise s'était arrêtée au Lido, dans cette même Venise, avec sa dame d'honneur. Elle lui avait dit des choses définitives ; elle l'avait traitée d'espionne et déclaré qu'elle serait bientôt ma femme contre vents et marées.

Je buvais ses paroles. Je croyais que, vraiment, elle me sacrifiait ce qui restait de sa couronne : son apanage, son titre de princesse et qu'elle foulait aux pieds sa noble origine pour devenir Madame Enrico Toselli. Qui aurait douté d'elle, de son sourire, du rayonnement de son regard, de la caresse de sa voix, dans cette Venise où sur l'eau lente et endormie palpitent des échos d'harmonie amoureuse ?

Je ne comprends pas que l'on mente. J'ai appris difficilement que toute la force de la

femme sur l'homme est faite de fausseté. Enfin,
bref, je fus tout entier à Louise. Nous déjeu-
nâmes ensemble, puis à trois heures, nous partîmes pour Mestre, aux environs de Venise et
là, dans un petit hôtel, nous trouvâmes un abri
de poésie et de repos où nous prîmes le thé. Après
dîner, vers huit heures et demie, dans le cré-
puscule merveilleux d'un coucher de soleil sur
l'Adriatique, nous revenions à Venise.

Le lendemain, à sept heures du matin, nous
prîmes le bateau à vapeur et nous fûmes au
Lido.

On sait quelle est la beauté du Lido. A ce seul
nom, sans que j'aie besoin de décrire la mer
bleue et les voiles de pourpre, on voit la couleur
et la vie de ce portique de Venise sur la mer.

Le temps restait divin. Nous nous livrâmes au
plaisir de nous abandonner dans un bain à la
caresse des flots. Le souvenir de ces trois jours
de bonheur est ineffaçable en moi.

Cependant j'écrivais à ma famille et mes parents pouvaient croire à un flirt de fiançailles
sous l'aile de la comtesse Fugger et de quelque
suivante.

Le grand duc et la grande duchesse de Toscane, parents de Louise de Saxe.

XIV

IDYLLE AU BORD DU LAC MAJEUR

Il faut à l'amour un cadre, un décor favorables. Ma patrie en abonde. J'aime la France pour ses beautés modérées, mais comment dire ce qu'on éprouve devant les splendeurs italiennes !

Nous avions aimé à Florence, à travers le pays toscan et au bord de l'Adriatique, à Venise. Louise, qui tient de ses origines le goût et le sens de ce qui est beau, voulut s'installer au bord du lac Majeur, à Stresa, en face des îles Borromées.

Au commencement d'août, la voici donc à Stresa. J'aurais dû m'effarer de ses voyages incessants. Elle est atteinte d'une voyagite aiguë ; mais quand on aime, on ne voit rien, on ne veut rien voir. Je m'efforçais même de cacher ou d'expliquer à mes parents les allées et venues de

7

Louise de Toscane. Habitué moi-même à voyager, je ne trouvais pas d'abord trop extraordinaire les périgrinations de la princesse. J'en ai vu bien d'autres par la suite !

Nous avions correspondu activement pendant qu'elle était loin de Florence où j'étais rentré en revenant de Nice. J'étais absolument conquis, enivré et impatient de sortir de l'irrégularité. Mais qu'étaient mes lettres en comparaison de celles que j'avais reçues ! Une chose pourtant m'étonnait. Il était question de tout dans ces lettres, excepté de la petite princesse Monica, alors que Louise l'avait conduite sur les côtes anglaises, soi-disant pour lui trouver un climat exceptionnellement salubre.

Installée sur le lac Majeur, elle prît gîte, avec la petite princesse Monica et sa suite, à l'hôtel des îles Borromées, puis elle m'écrivit de la rejoindre à Milan où elle arriva par le train du Simplon, à sept heures du soir. Je l'attendais depuis une heure. Nous partîmes presque aussitôt de Milan pour aller à Pavie, à l'hôtel *Croce Bianca*. Elle était seule avec moi. Nous passâmes à Pavie deux jours de joie. Louise s'était renseignée sur les formalités d'un mariage en Angleterre. Au premier jour, fixée par Dresde cî par Rome sur sa situation réelle, Louise serait libre et sa vie nouvelle commencerait. Que ne disait-elle pas, que n'avait-elle pas vu, que n'avait-elle pas écrit, que n'avait-elle pas fait? A 'entendre, tous les diplomates et tous les avocats internationaux travaillaient à son affranchissement. Elle allait être la femme d'un « grand artiste » et sa situation, ainsi régularisée, elle aurait au moins la satisfaction de revoir ses enfants.

— Je serai une reine de l'art, disait-elle, et cette royauté vaut bien l'autre,

Naïf, j'écoutais tout cela, j'approuvais, j'acquiesçais, je m'exaltais. Je me voyais à la tête d'un orchestre de virtuose, faisait exécuter des symphonies et des opéras qui rallieraient tous les suffrages. Louise s'associait par avance à mon triomphe et était à côté de moi sur la scène quand les lauriers pleuvraient sur mon front...

Quand j'avais fini de me promener dans tous les châteaux espagnols qu'imaginait Louise, dont l'éloquence et la volubilité étaient intarissables, j'arrivais cependant à la faire parler de la Cour et de la vie princière. J'étais curieux de savoir ce qu'elle pensait des princes qu'elle avait connus. Elle m'a dit souvent de bien intéressantes choses.

Ce fut à Pavie, en allant visiter la Chartreuse, que nous parlâmes à loisir de la Cour d'Autriche. Louise n'était pas tendre pour le vieil Empereur.

— Il est très intelligent, me dit-elle, mais froid, gourmé, rude. Il manque de générosité. N'est-ce pas une honte de penser qu'il donne seulement cent mille florins de dot aux archiduchesses ou duchesses de sa famille qui se marient!

— Et le prince héritier, demandai-je?

— François-Ferdinand est un homme faible, d'une intelligence bornée, très clérical et soumis au clergé. A la mort de François-Joseph, la Hongrie n'acceptera pas sans difficulté d'être soumise à François-Ferdinand. Il est vrai que sa femme, aujourd'hui princesse de Hohenberg, est très habile et a su préparer l'avenir. C'est elle qui par la volonté, par les soins incessants dont elle entoure son mari, a fait de lui ce qu'il est. Son influence est souveraine.

— Le prince héritier, aime-t-il les italiens?

— Il les exècre.

La Chartreuse laissa la princesse assez désillusionnée. Du reste, nous ne vîmes que la partie permise aux femmes. Aussi bien la vie

monastique n'inspira-t-elle à Louise que des
brocarts sur la religion, mais elle vit qu'elle me
désobligeait quand j'objectai que les chartreux
sont ordinairement des gens qui se sont retirés
du monde après des épreuves et des malheurs
et que l'isolement et l'austérité de leur vie
doivent inspirer le respect.

Elle m'embrassa éperduement, m'appelant
poète.

Le soir, à Pavie, nous fûmes au cirque Guil-
laume ; mais tout le temps du spectacle, Louise
tint son éventail devant son visage. Elle avait
peur d'être reconnue par le manager de ce
cirque qu'elle avait vu à Dresde.

En rentrant à l'hôtel, à pied, par une nuit
chaude et de ce bleu de lapis lazzuli qui est le
propre du ciel italien, Louise, rayonnante d'a-
mour, s'appuyait mollement à mon bras.

J'avais les larmes aux yeux en la laissant repartir pour Stresa.

Je partis pour les bains de Porretta, dans la
montagne, à deux heures de Florence. C'est une
agréable station d'été où mes parents vont
passer leur temps de vacances. Je les mis au
courant des assurances du prochain accord de
Louise avec Rome et je leur fis des confidences

sur l'état de santé de la princesse... Je n'ai pas besoin d'insister. On comprendra que ces confidences étaient le meilleur argument à ma disposition pour obtenir l'asquiescement définitif au mariage qui pouvait toujours se faire civilement d'abord, en Angleterre, et qui se compléterait religieusement après que le Vatican aurait consenti à l'annulation de l'union religieuse de Louise et de son premier mari.

Mais Rome n'a pas consenti et, quoique respectueux des traditions religieuses, j'ai commis la faute d'épouser une femme qui, aux yeux de l'église, est actuellement la femme du roi de Saxe. La loi saxonne a pu la déclarer libre, la loi anglaise a pu lier son sort au mien, une autre loi, faite d'un pouvoir plus mystérieux et plus haut que l'ordinaire des lois humaines, la laisse rivée à son premier serment. J'aurais écouté mes parents, j'aurais eu la conviction que tout ce que disait Louise de la Cour de Rome et des démarches que, soi-disant, on y faisait pour elle, était sans fondement, je ne l'aurais pas épousée.

.•.

Nous avions combiné, à Stresa, que huit jours plus tard je serais à Milan où nous nous reverrions. Cette fois, nous filâmes sur Turin, à l'hôtel *Trombetta*. Ce fut là que je conduisis Louise au théâtre où Andrea Maggi, le grand artiste, hélas! mort aujourd'hui, jouait le *Triomphe d'amour* de Giacoso. Ce beau poème, d'une si noble inspiration, plut infiniment à Louise. Elle sent autrement mieux la littérature que la musique et la peinture et les splendeurs mêmes de la nature. Les mots et les sentiments qu'ils expriment sont ce qui agit le plus efficacement sur elle.

De Turin, nous revînmes à Milan et, de Milan, nous fûmes à Stresa. Je pris ma chambre sur le lac Majeur dans un autre hôtel que celui de la princesse. Après dîner, à la nuit close, nous nous rejoignîmes sur le bord du lac. Oh! ce lac, si cher aux peintres et aux poètes italiens! Cette eau pure où se mire l'azur immaculé! Cette eau que, de temps en temps, agite l'hélice d'un bateau à vapeur qui passe empanaché de gris, étincelant de lumières et ajoutant aux échos du rivage l'harmonie caressante des violons qui détaillent sur l'eau langoureuse de spirituelles canzonetta! Au-dessus de nous resplendissait la lune; mais sur les arbres, l'ombre était opaque et nous allions lentement dans la fraîcheur du soir, abrités de la vue des indiscrets et respirant un air embaumé de parfums.

La duchesse de Gênes, tante de Louise de Toscane, morte depuis, possèdait une résidence à Stresa. Nous passâmes devant cette demeure princière et Louise se souvint qu'elle y était venue avec son mari. Elle ne parut rien regretter.

Nous eûmes encore trois jours de parfait bonheur, bonheur caché à Stresa. Un incident inattendu vint apporter l'orage dans notre ciel serein et faire décider en un instant notre départ pour l'Angleterre.

XV

Ce matin-là, Louise avait résolu de télégraphier à l'avocat Mattaroli. Elle voulait le voir à propos de son mariage à réaliser avec moi, aussi bien qu'à propos de celui qui est resté valable, au point de vue religieux, avec le roi de Saxe. La femme de l'avocat répondit à sa dépêche en lui disant que si elle tenait à joindre M. Mattaroli, elle devait lui télégraphier chez la comtesse Fugger, à Munich. Aussitôt, fureur de Louise. Ne machine-t-on pas sa perte? Que peut faire l'avocat de la Cour de Saxe avec la comtesse Fugger?... L'avocat Mattaroli, au courant de nos projets, nous a trahi! L'avocat Mattaroli nous trahit!

Je ne sais que répondre. Elle va, elle vient, elle crie, elle pleure, elle fulmine...

— Il faut partir, tu m'entends, dit-elle. Nous irons à Milan.

Pourquoi Milan plutôt qu'ailleurs ? Qu'apprendrons-nous à Milan ? Enfin, soit, allons à Milan.

Nous y voilà le lendemain, Louise toujours très agitée. Je ne l'avais jamais vue dans un tel état de surexcitation ; mais son énervement et tout ce qu'elle pouvait dire de démesuré ne me désarçonnaient pas encore. J'étais seulement tout étonné de ce qu'elle disait à propos de Dresde et de Rome qu'elle accusait de comploter contre notre mariage. Je me trouvais balancé entre le trône de Saint-Pierre et le trône de Saxe; on m'excusera d'avoir eu le vertige.

A Milan, pour la distraire, je proposai d'aller au théâtre. Elle accepte. Je prends des places, je les rapporte, elle n'en veut plus. Nous n'irons pas au théâtre.

— Ecoute, me déclare-t-elle, il faut aller à Florence, ne serait-ce que pour que tu prennes des effets qui te manquent. Aussitôt après, nous irons directement en Angleterre nous marier.

Il y a loin de Milan à Florence, et, du reste, mes bagages étaient restés à Stresa. Mais il fallait aller à Florence. Il est vrai que nous avions des papiers à prendre et certaines choses à régler.

Le lendemain, j'étais à ma porte. C'était le 1ᵉʳ septembre 1907. Mes parents villégiaturaient alors à Porretta.

Deux jours plus tard nous partions en automobile pour l'Angleterre avec l'intention de passer par la montagne apennine et de nous présenter à mon père et à ma mère avant d'aller passer devant l'officier de l'état civil anglais.

Nous étions trois dans l'automobile, sans parler du chauffeur. La princesse avait jugé nécessaire d'inviter une de ses plus fameuses amies, qui répondait au nom de Miss Hélène Zimmer, une vieille allemande, à moitié anglaise, quelque peu bas-bleu et conférencière, si je ne m'abuse, et douée d'une étonnante puissance d'adulation. « Altesse par ci, Altesse par là, ma chère Princesse... » Je n'entendais rien d'autre.

On nous reçut à Porretta, plutôt fraîchement. Nous y fûmes vers le soir, à six heures. Mon père laissa Louise, appuyée par Miss Zimmer, donner à ma mère des raisons sentimentales, renouvelées de ses lettres, et me prit à part.

— Tu fais une bêtise mon garçon, me dit-il. J'ai laissé aller les choses, car je crois encore que ce mariage ne peut pas se faire. Tu es notre

seul enfant, nous t'avons gâté... Tu n'es pas une
mauvaise nature, tu t'es coiffé de cette princesse, tu crois à tout ce qu'elle raconte... Elle
raconte peut-être des choses qu'elle imagine
vraies ; mais songe à la différence d'âge et de
situation. Songe à tout le temps que tu as déjà
perdu. Où veux-tu qu'une pareille aventure te
mène ! Les journaux vont en parler. Vous allez
être livrés à la curiosité publique. Quel bruit !
pour ne pas dire quel scandale dont ta mère et
moi nous aurons à souffrir. Crois-tu que le fils
d'un vieux militaire comme moi, devenu professeur dans l'enseignement supérieur italien,
doive épouser une femme qui a déjà eu tant
d'aventures ? Est-ce un mariage naturel et
normal ?

Je ne l'écoutais pas. Il m'a répété bien des
fois depuis, ce discours qui a fini, peu à peu,
par se graver dans mon esprit et j'en ai reconnu, trop tard, la justesse.

Je répondis que j'avais donné ma parole, que
je ne pouvais refuser d'épouser celle qui, devant
l'opinion publique, était déjà compromise par
sa liaison avec moi et par les conséquences de
cette liaison et qu'enfin Louise serait la plus
simple, la plus sûre, la meilleur des épouses. Ne

me l'avait-elle pas juré cent fois par paroles et par écrit?

Mon père hochait la tête en se mordant les lèvres. Quant à ma mère, embrassée, cajolée, mouillée de larmes, elle cédait, mais avec tristesse. Et nous partîmes, toujours flanqués de Miss Zimmer, qui ne nous lâcha qu'au restaurant des *Trois rois* à Bologne, où nous dînâmes. L'auto la ramena vers Florence. Le train valait mieux pour nous. Nous prîmes la route de Turin, Modane, Paris, Calais, Londres. C'était la première fois que j'allais en Angleterre dans des conditions aussi étranges, avec un bagage réduit au strict minimum et en compagnie d'une princesse que j'allais épouser.

J'essaye en vain de me rémémorer ce que je pouvais penser. Je regardais Louise, je l'entourais de soins. Elle était affectueuse et charmante et si pressée d'atteindre au port de ce mariage que j'en étais touché au cœur. Mais elle avait une préoccupation qui me surprenait un peu : elle s'occupait des journaux et des journalistes. Qu'allait on dire? Quel tapage à Dresde et dans toute l'Allemagne, dans toute l'Italie, dans le monde entier ! Nous devions être guettés, pistés, annoncés. Elle parlait de ce que nous

dirions aux journalistes et de l'accueil à leur
faire. Je ne voyais pas qu'elle prenait le bruit
pour la gloire.

Mais comment la presse eût-elle été déjà aux
aguets? En dehors de mes parents, deux personnes seulement étaient au courant du mariage
décidé : Miss Zimmer et la comtesse Fugger.
Avaient-elles intérêt à lancer les reporters à nos
trousses? De fait, nous arrivâmes le plus tranquillement du monde à Londres, par Victoria,
et nous allâmes tout droit prende gîte à l'hôtel
Cecil, sous le nom de M. et Madame San Mar
cellino.

XVI

NOTRE MARIAGE A LONDRES

Tant d'émotions et de fatigues ne me réussissaient pas. Arrivé à Londres, je ne me sentais point dans mon état normal. Mais c'était bien le moment d'être malade ! nous avions à nous marier.

J'étais pourvu d'une lettre d'introduction donnée par Miss Zimmer pour un sien cousin anglais, personnage obligeant, qui, paraît-il, était initié à toutes les subtilités d'un mariage en Angleterre. Les relations de la princesse et les miennes ne pouvaient, en l'occurence, nous être directement utiles. Ce cousin de Miss Zimmer était mieux placé. Grâce à lui nous entrâmes en rapports avec M. Robert Clément Witt, avocat. J'avais les papiers nécessaires à mon identité, mais Louise n'avait rien apporté

que sa personne et sa réputation. Il est vrai
qu'en principe, pour un mariage, l'état civil
anglais se contente de la déclaration des intéressés. On nous assurait que nous allions être
unis tranquillement et en un clin d'œil. Quant
à la presse, rien encore : mais, soudain, elle
surgit sous nos pas.

J'étais sorti avec Louise, dans le Strand. Nous
descendions de notre cab pour entrer dans une
librairie française. Sur le seuil, un gentlemen
m'aborde en son langage, le chapeau à la main :
c'était le fatal interviewer. Louise me prend par
le bras et m'entraîne.

— Viens, viens, filons, c'est un journaliste.

Nous sautons dans notre voiture et nou
laissons le reporter anglais bredouille sur le
trottoir

J'ai vu, depuis, bien des journalistes. On ne
leur échappe pas toujours aussi aisément.

Pendant que notre avocat préparait notre mariage, nous fîmes ce que font tous les étrangers
à Londres : nous allâmes voir Westminster dans
la ville et Richmond dans la campagne. Nous
ne rencontrions plus de journalistes, et Louise
prétendait que nous n'avions rien à craindre de
qui que ce soit. Elle m'assurait que nous avions

Villa Paganucci, a Fiesole.

la protection de l'Angleterre et que d'invisibles policemen veillaient sur nous. J'en étais persuadé !

Ce mariage est resté pour moi une chose funambulesque. Ce fut d'abord un rêve, c'est devenu un cauchemar ; mais je ne sais plus trop comment tout cela c'est passé.

Je me souviens que l'avocat Witt vint nous expliquer que nous ne pouvions aller chez le Registrar aussitôt que nous le pensions, parce qu'il nous manquait l'acte de divorce qui pouvait établir, aux yeux de la loi anglaise, que celle qui allait être ma femme n'était plus unie civilement au roi de Saxe. Cet acte de divorce, c'était toute une histoire pour se le procurer. Notre avocat le déclarait inutile. Un serment établissant que la princesse était libre de contracter de nouveau mariage devait suppléer à l'absence de ce document. On nous mène enfin chez un clergyman. Je vois encore cet homme grave me présenter une Bible crasseuse que j'ai embrassée ! Il a parlé anglais, je n'ai rien compris. Avec tout cela, le 24 septembre, nous ne savions pas encore si nous allions être mariés. Nous avions fait la connaissance d'un journaliste, M. William Lequeux, bien connu à Londres,

Louise lui affirmait que les gouvernements curopéens se coalisaient contre nous.

Un jour, dans une des nos promenades, nous avions rencontré Lady Paget. Nous étions bras dessus, bras dessous. La princesse en déduisit sur le champ que Buckingham Palace allait être instruit de ce que nous voulions faire sur le sol du Royaume-Uni. Elle mêlait sans façon Leurs Majestés le Roi et la Reine d'Angleterre à nos affaires intimes.

Le 25 septembre, selon l'avocat, devait être le jour de notre mariage. Nous allâmes chez le Registrar, dans le Strand. Démarche vaine, on nous renvoie. Louise éclate en fureur et défie la coalition des souverains qui conspirent contre notre bonheur. M. Witt, notre avocat, est très calme. A onze heure et demie, M. Lequeux, qui était allé aux informations, nous rejoint. Nous marierait-on, ne nous marierait-on pas? Il n'en savait rien encore. Soudain, à midi, coup de téléphone. Nous pouvions venir sur le champ chez le Registrar. On nous marierait. Bon! notre avocat qui devait nous servir de témoin, M. Witt est parti. On le rettrape en téléphonant, et Louise et moi, suivis de M. Lequeux, nous arrivons à pied, sans suite et sans équipage, a   ureau du

Registrar où nous attendait Madame Witt, qui avait eu la délicatesse d'apporter un magnifique bouquet de roses.

Ah! ce mariage!... J'ai pensé depuis, bien des fois que seule la sainteté des serments fait les unions solides et prospères... Ce mariage à Londres, quelle scène de vaudeville! Louise prononça la première les formules qu'impose la loi anglaise. Elle parle anglais, elle comprenait; mais moi je n'ai rien compris, si ce n'est qu'on appelait ma femme « Comtesse Montignoso ». J'ai répété comme un perroquet des phrases qui faisaient rire jusqu'au Registrar, tant ma prononciation était extraordinaire. Louise essayait de garder son sérieux. Elle se tenait droite et attentive. Elle était en jupe tailleur et blouse blanche. Moi, en casquette et en costume de voyage. Nous échangeâmes nos anneaux. Je lui donnai un cercle d'or dans lequel j'avais fait graver « Enrico, 25 septembre 1907 » et elle me donna une bague avec un brillant qui venait de la reine Carola de Saxe.

Nous allâmes déjeuner avec nos témoins. Pas un journaliste ne se trouva sur notre route. La presse ne savait pas encore la nouvelle. Après déjeuner, je me rendis au Consulat d'Italie pour

la légalisation de notre mariage. Ce fut l'affaire
de dix-sept schellings.

Depuis huit jours, nous avions quitté le Cecil
pour nous installer à l'hôtel Norfolk, dans l'espoir de dépister les journalistes et nous nous
étions fait inscrire sous le nom prosaïque et
français de M. et Madame Dubois. Or, dès que
nous fûmes mariés, la nouvelle se sut par les
clercs du Registrar office, et nous fûmes bientôt
découverts au Norfolk. Comme nous y rentrions
à la fin de l'après-midi du jour même de notre
mariage, l'hôtesse nous accueillit avec sévérité.
Elle était horriblement scandalisée et je fis une
ample connaissance avec le mot « schoking ».
Elle blâma Louise de lui avoir caché sa véritable
identité et elle nous reprocha à l'un et à l'autre
de n'être pas mariés ; mais ma femme lui mit
sous les yeux notre acte de mariage et cette
femme vertueuse dut désarmer. Mais M. et Madame Dubois avaient suffisamment vu l'Angleterre. Le soir même, nous quittions l'hôtel
Norfolk.

XVII

LA PRESSE A NOS TROUSSES

Du jour où j'ai épousé Louise de Saxe, princesse de Toscane, comtesse de Montignoso, j'ai
connu une célébrité dont je ne m'étais fait
aucune idée. Il n'a plus été question du compositeur et du concertiste ; je suis devenu une
espèce de phénomène, étrange résultat d'une
union qui m'avait paru l'aboutissement de la
passion la plus naturelle à l'homme : celle
d'aimer. J'ai appris qu'il ne faut rien faire en
dehors de ce qui est normal et conforme à l'ordre
social. Je n'ai pas aimé là où j'aurais dû aimer
et comme je devais aimer. Ce fut mon erreur.
Je l'ai expiée, je l'expie encore.

Les journalistes étaient à nos trousses. Nous
sommes partis de Charing Cross pour aller directement à Paris, par Douvres et Calais. Au saut

du train, à la gare du Nord, nous trouvâmes le
trottoir hérissé de reporters. Mitraillés par les
kodacs, assaillis de questions, pour la plupart
puériles, nous eûmes beaucoup de peine à
gagner une voiture pour nous faire conduire à
l'hôtel Magellan, Avenue Marceau. J'essayais de
faire bonne contenance au milieu des inter-
viewers. Artiste, je n'avais connu que le beau
côté de la presse, le côté de sa bienveillance ;
mais le côté de sa curiosité... Quel enfer !

Nous résolûmes de fuir Paris le plus vite possible. Arrivés le matin, nous repartions à deux
heures pour Modane, Turin, Milan, le Lac Majeur. Jusque sur le marchepied du train des
reporters nous livrèrent bataille. Il y en eut
même deux qui ne nous lachèrent qu'à Modane ; mais nous étions claquemurés dans notre
compartiment.

Nous n'avions rien dit à la presse, à Paris, ou
peu de chose, des phrases banales et aimables.
Ce qu'on nous fit dire est effrayant. Je n'étais
pas sans connaître l'imagination des journalistes, mais j'ai pu constater par moi-même
qu'elle dépasse tout ce que les romanciers
peuvent concevoir de plus abracadabrant.

Parvenus à Stresa, après avoir brûlé Turin et

Chivasso, nous retrouvâmes la petite princesse Monica qui nous acueillit de son air grave. Il me fut facile de gagner sa sympathie enfantine. Nous fûmes tout de suite bons camarades. Je savais l'amuser, si touchante dans sa tristesse et si jolie à regarder. Nous l'enmenâmes avec nous pour déjeuner, aux îles Borromées. Le repas qu'on nous servit fut exécrable ; mais nous étions en pleine lune de miel, en pleins rêves d'avenir et nous prenions les choses par le bon côté. Louise déclarait que tout était fini avec sa vie passée et qu'elle allait régler notre vie nouvelle de telle manière que nos jours seraient sans nuages. Je vivais d'amour et d'espoir. Je ne me doutais pas qu'en ce moment même, ma femme réglait la note d'hôtel du séjour de la petite princesse Monica, de sa gouvernante et la suite en faisant une traite de mille soixante deux francs sur la Banque Commerciale, en oubliant que son crédit s'y trouvait épuisé, de sorte que c'est moi qui, plus tard, ai réglé ce petit compte.

L'éducation des princesses est très négligée sous le rapport de la matérialité des choses, des règles de l'arithmétique et de la portée des engagements que l'on prend. Je n'en savais rien encore.

Nous quittâmes Stresa avec la petite princesse Monica et la suite pour gagner Milan où nous fûmes suivis à la piste. Nous repartîmes tout de suite pour Florence. Mes parents nous attendaient à la gare. Nous trouvâmes chez eux des liasses de journaux qui mentionnaient, à leur manière, nos faits et gestes. Cet affreux vacarme bouleversait la vie paisible de mon père et de ma mère. Louise fut pour eux délicieuse et d'une gaité, d'un entrain de jeune mariée qui est au comble de ses vœux.

— On parle de nous, tant mieux ! Plus on en parle, plus nous sommes célèbres. Faire du bruit dans le monde, c'est vivre, c'est éveiller l'envie, l'admiration, la sympathie, la haine, c'est être vraiment quelqu'un.

— Cache ta vie, dit le sage, répondait mon père.

Et Louise éclatait de rire.

Après quelques heures passées chez mes parents, nous nous rendîmes à Fiesole, à l'hôtel Aurora. C'était le 28 septembre. Notre existence légitime se trouvait commencée dans le pays où elle trouverait son pénible dénouement.

Fiesole, quel nom séduisant ! Dès mon enfance j'ai entendu parler de Fiesole comme d'une merveille. Pour nous, florentins, c'est un peu du paradis sur terre. De la vieille cité étrusque qui domine Florence et la vallée de l'Arno, nous embrassons d'un coup d'œil l'incomparable panorama de la plaine florentine, et toute notre grande histoire revit de là-haut à nos regards. Que de fois j'étais allé à Fiesole pour y vivre des heures de plaisir et de pensée. J'y étais à présent, avec la princesse de Toscane. J'aimais, je possédais officiellement sur ce sommet glorieux du pays toscan une femme de sang royal, qui disait trouver en moi le seul être qu'elle aurait véritablement aimé, le seul capable de la consoler de la perte d'un trône. Pourquoi ne l'aurais-je pas cru?

Je marchais dans du bleu, je le confesse, lorsque je fus ramené à la réalité par quelques menus faits.

L'avocat Mattaroli, conseil de la Cour de Saxe, apprit à Louise que son apanage devait être supprimé. En effet le 3 octobre, ma femme n'avait pas reçu le chèque de la Banque allemande de Dresde qu'elle recevait chaque mois.

Je m'y attendais. Je crois aussi que Louise avait envisagé de bonne foi et courageusement la suppression de son apanage. Elle-même calculait qu'elle n'apportait en dot, comme chose certaine, qu'une rente qu'on ne pouvait évidemment lui supprimer, le revenu de sa dot qui avait été seulement de deux cent mille florins, ce qui donne environ treize mille francs par an. La Cour d'Autriche ne jette pas les millions par la fenêtre et, sous l'Empereur François-Joseph, les archiduchesses ont toujours été très petitement dotées. Quoiqu'il en fut, nous étions prêts à faire face aux charges de l'existence. Mes parents nous aideraient, je publierais plus de musique et donnerais plus de concerts.

Mais l'avocat Mattaroli, qui répond au prénom de Léonida, comme le héros des Thermopyles, reparut, colombe chargée d'un rameau d'olivier. Il se flattait de tout arranger. Je lui fis observer que quant à moi je ne demandais rien et ne lui avais nommément rien demandé. Je ne souhaitais pas que ma femme fut privée de son apanage, mais j'entendais établir que je n'y prétendais aucunement.

Sur quoi, je sortis pour aller m'informer de la « Mercédès » que Louise me demandait de faire sortir du garage. C'est alors que j'eus une surprise qui me fut beaucoup plus pénible que l'histoire de l'apanage. J'allais voir l'auto de ma femme en me demandant s'il serait sage de la conserver et s'il fallait prendre ou ne pas prendre un chauffeur. Je fus immédiatement tiré de peine. Le propriétaire me présenta un papier timbré du tribunal, par lequel j'appris que la « Mercédès » de la princesse était sous séquestre pour six mille francs.

Je remontai sur le champ à Fiesole dans un état de trouble qu'on comprend sans peine. Que ma femme n'apportât rien ou presque rien, je trouvais cela fort naturel et je l'avais prévu, mais qu'elle apportât des dettes à la communauté... la déconvenue était un peu rude.

Aux premiers mots que je dis, Louise se mit à marcher de long en large en haussant les épaules, puis, venant à moi, elle m'embrassa.

— Il s'agit bien d'une pareille misère! J'arrangerai cela demain. J'avais oublié, en effet, ce petit inconvénient... On a profité de mon absence. J'aviserai. Je n'ai pas la tête à m'occuper de cela en ce moment. N'as-tu pas remarqué, en venant, des gens aux aguets, aux environs de l'hôtel? Je sais, de source certaine, que l'on va nous enlever Monica. Enrico! Enrico! je ne me laisserai pas séparer de ma fille.

Elle témoigna d'une inquiétude extrême et me supplia de veiller sur elle et sur l'enfant.

Naturellement, je n'insistai pas au sujet de l'automobile et même je promis de n'en pas parler à mes parents.

XVIII

PREMIER NID A L'IESOLE

Nous étions installés à Fiesole dans une annexe de l'hôtel Aurora. Ma femme, fière de son état, était radieuse et en parfaite santé. Elle se déclarait très contente et souhaitait une fille. Je passais le plus clair de mon temps à la regarder, à l'entendre, comme si je la découvrais.

La princesse de Toscane, à cette époque, n'avait pas un cheveu blanc. Quand je l'ai épousée, elle paraissait trente ans à peine. Sa voix qui, dans la douceur, reste harmonieusement timbrée, ne disait alors que de douces paroles et dans les rares moments où quelque discussion nous ramenait sur terre, elle ne parlait que 'une manière angélique.

Quelle réussite elle aurait eue au théâtre !

Ces premiers jours de mariage lui rendaient

une nouvelle jeunesse. Du reste, très sportive pendant longtemps, exercée au cheval, au tennis, à la chasse, elle a eu cette robustesse souple des corps sains qui se soignent et qui, en se soignant, gardent longtemps leur force et leur beauté. Que son œil bleu clair était tendre alors et que ses mains, ses jolies mains, aux attaches fines, aux ongles bombés, étaient douces à embrasser. Tous ses gestes me paraissaient élégants et distingués. Quel changement plus tard !

L'heure la plus douce à notre amour était le matin ou le soir devant la splendeur des aubes ou des crépuscules sur la vallée de l'Arno, le Mont Morello et la campagne florentine. Je reprenais Louise dans ses phrases en italien, quand elle commettait quelques fautes. Elle corrigeait aussi mes erreurs dans nos causeries en allemand. Puis je fredonnais des rythmes, j'avais la tête pleine d'idées musicales que je développais au piano. Elle écoutait comme en extase.

Oh ! ces jours de notre premier nid à Fiesole ! Est-il possible que les plus doux songes soient suivis des plus affreux réveils !

Nous avions fréquemment des nouvelles de l'avocat Mattaroli. Il se donnait l'air de se dévouer à la princesse tout en ayant pour mission de représenter les intérêts de la Cour de Saxe. A l'entendre, il n'avait d'autre souci que l'affaire de l'apanage. Je persistais à me tenir en dehors ; mais mes amis, mes parents avaient attiré mon attention sur un point que ma jeunesse n'envisageait pas tout d'abord : l'enfant... L'enfant que Louise portait en elle, quelle serait sa situation, quel serait son avenir ? Je me décidai à m'en ouvrir à l'avocat Mattaroli, car enfin, cet enfant qui est vivant aujourd'hui et qui entre dans sa cinquième année, il a des demi-frères, des demi-sœurs qui monteront sur des trônes ou sur des marches de trône. Le souci de son éducation, de son établissement futur avait pénétré en moi.

L'avocat Mattaroli fut des plus optimistes et des plus souriants. Ce n'était pas seulement un rameau d'olivier qu'il apportait à l'arche, c'était toute une moisson. Grâce à ses soins et à ses peines, pour ne pas dire à son génie, la Cour de Saxe avait ouvert les yeux, l'avenir serait fait pour nous de jours tissés de soie : l'apanage était rendu à Son Altesse à la condition qu'elle se séparerait de la petite princesse Monica qui serait élevée à Dresde comme les autres enfants royaux.

Je m'attendais à une explosion de fureur de la part de Louise. Je n'avais rien à dire qu'à écouter. Je fus complètement stupéfait : ma femme acceptait de rendre sa fille. Elle prit un air affaissé et, d'une voix mourante, prononça :

— Je n'ai pas le droit de priver Monica d'une éducation princière. Elle me le reprocherait plus tard.

— Mais alors, me disais-je, que deviennent les théories et les convinctions de Louise sur la vie de Cour, ses dangers, ses erreurs et tout ce qu'elle m'en a dit de terrible ? A quoi songe-t-elle ? La petite princesse Monica va être livrée à cette déplorable existence !

L'avocat parti, je manifestai ma surprise ; mais Louise me répondit qu'elle ne voulait plus vivre que pour moi seul et que pour l'enfant qui allait naître. Il fallait qu'elle fut héroïque et qu'elle rendit au sang royal tout ce qui venait du sang royal...

Elle fut éloquente, tendre, passionnée, et je la crus. Nous nous mîmes à faire des projets d'avenir.

— Tu composeras des symphonies et des opéras, disait Louise. Je ferai les paroles de ta musique. Il y a en moi un écrivain que tu

PIERRRE TOSELLI
Maire de Nice, en 1795.

ignores. Tu verras aussi ce que je sais faire en
sculpture... Je ferai ton buste. J'exposerai et
nous serons tous deux de grands artistes et nous
gagnerons tout ce que nous voudrons.

Louise a fait mon buste un peu plus tard. Je
confesse que lorsqu'il fut fait, j'eus beaucoup de
peine à en être ravi. Mais j'étais encore aveugle.
J'écoutais Louise, et je m'enthousiasmais à ses
paroles qui créaient pour nous un avenir enso-
leillé. Je m'asseyais au piano et j'improvisais
des marches triomphales, ou bien je jouais
quelques œuvres de maîtres. Alors, pieusement,
Louise tournait les pages...

Au bout de trois semaines, elle ne les tournait
déjà plus.

XIX

Le mois d'octobre 1907 fut d'une couleur incomparable en Toscane. Les oliviers, les mûriers, les vignes de la colline de Fiesole, les haies de roses de bengale en pleine floraison, s'épanouissaient et embaumaient une fois encore avant les rigueurs de l'hiver, et nous sortions dans la campagne avec bonheur, car nous étions sensibles au charme de la nature.

Le 26 octobre, fut le jour décidé pour le départ de la petite princesse Monica. Le temps était léger et clair, l'espace pleins de souffles caressants. Nous partîmes dès le matin, de très bonne heure, en auto, pour aller chez l'avocat Mattaroli, qui insista aimablement pour nous faire passer dans sa salle à manger où nous prîmes avec lui le premier déjeuner, sans nous douter que sa politesse avait pour but de procurer des renseignements à la presse sur l'épisode sensationnel de la remise de la petite princesse Monica à la Cour de Saxe : deux journalistes étaient dissimulés derrière une porte et écoutaient tout ce que nous disions. Malheureusement, je n'ai su cela que plus tard. L'honorable avocat Mattaroli, de son petit nom Léonida, devait accompagner l'enfant avec la gouvernante attachée à sa personne. Mais nous n'allâmes pas plus loin que Pistoia tellement les routes étaient mauvaises. Nous prîmes le train pour gagner Modène. Nous étions dans un compartiment réservé. Louise ne semblait nullement triste. Je pensais qu'elle s'efforçait de contenir ses sentiments intimes. J'admirais son courage. L'avocat et moi nous étions plus impressionnés qu'elle. Elle parlait de choses diverses. Quant à la petite, elle était indifférente. Il fallait changer de train à Modène pour prendre la direction de la frontière autrichienne. Ce fut là que la séparation se fit entre la princesse et sa mère. Louise prit sa fille dans ses bras, Monica demanda :

— Quand te reverrai-je, maman ?

Et Louise répondit :

— Il faut le demander à l'avocat Mattaroli.

J'étais très ému en posant mes lèvres sur les joues fraîches de la petite princesse qui me rendit affectueusement mon baiser... Le train partit...

Nous restâmes seuls, Louise et moi. Nous allâmes nous promener dans Modène. Le temps s'était assombri. Nous entrâmes dans un café. Louise avait perdu son courage. Quelques larmes tombèrent de ses yeux. Notre retour à Florence fut mélancolique et quand nous arrivâmes à la villa Beatrix, cette annexe de l'hôtel Aurora où nous étions installés, il nous parut vraiment que nous rentrions dans une maison désolée.

— Je ne pourrai plus vivre ici, dit Louise. Je ne veux rien voir de ce qui me rappellera la cruelle séparation à laquelle j'ai dû me résoudre. Allons-nous en.

Trois jours après nous avions mis au garde-meuble tous nous objets mobiliers et abandonné Fiesole pour descendre à Florence vivre à l'hôtel Baglioni.

J'aurais dû, pour ma part, être plus raisonnable ; mais il y a des moments où les artistes sont aussi nerveux que les femmes. Et puis, c'était le premier dégoût que Louise manifestait pour un endroit quelconque. Je ne me doutais pas encore qu'il lui était impossible de se fixer nulle part.

Nous voici donc recommençant une existence d'hôtel. Car à Fiesole, sans être complètement chez nous, nous avions tout de même, à peu près, l'illusion d'un *home*. Nous restâmes un mois à Baglioni et c'est alors que commencèrent entre nous les divergences de vues.

Les beaux jours étaient déjà finis, les heures sombres allaient suivre.

Louise de Toscane a un goût singulier : elle aime à se trouver dans la société de ses inférieurs et à les traiter avec familiarité. Nul plus que moi n'a horreur des embarras et des gens qui se croient d'une essence supérieure. Les parents qui m'ont élevé m'ont appris qu'il faut aimer ceux qui nous servent et s'y attacher quand ils le méritent, mais de là à être à « tu » et à « toi » avec l'office, il y a une nuance.

On reproche volontiers au caractère italien, en général, et aux florentins en particulier d'être susceptibles et ombrageux. Il faut être juste. C'est peut-être là l'envers d'une certaine sensibilité, si j'osais, je dirais même d'une certaine délicatesse, qui prouve que ce qui touche à la dignité a plus d'importance en Italie qu'ailleurs. Je fus donc assez vite agacé, je l'avoue, de l'intimité de Louise avec sa femme de chambre, une suisse-allemande, à laquelle ma femme ne parlait qu'allemand et qui lui répondait de même en d'interminables discours ponctués de grands rires... Je me permis quelques observations, d'abord très affectueuses, très raisonnées. Louise commença par m'approuver ; mais, une heure après, c'était comme si je n'avais rien dit. Enfin, ma femme se mit à sortir dans Florence, à son heure, sans moi, ou, quand je n'étais pas là, sans m'avertir. Je rentrais, je ne trouvais personne. Je m'informais. Mon étonnement provoquait des sourires dans l'hôtel. Je voulus m'expliquer nettement et j'y mis les formes de la confiance. J'étais un peu froissé, un peu agacé, mais rien de plus. Cette première discussion tourna fort bien. Louise fut très douce.

— Cher aimé, dit-elle, je t'aime plus encore quand tu as envie de te fâcher. Tu ne comprends donc pas que j'ai été habituée à faire tout ce que je voulais. Je sors, j'emmène Lisa, ou je dis à elle seule où je vais et ce que je compte faire, mais tu penses bien que je ne fais rien de mal. Puis-je te prévenir chaque fois que j'ai besoin d'aller chez ma modiste ou dans quelque autre magasin ?

En fait, je sus que Louise prenait alors son plaisir à parader à pied ou en voiture dans les principales rues de Florence, pour être regardée.

Son passage éveillait la curiosité la plus vive et elle était heureuse. Elle appelait cela être populaire. Quand nous allions au théâtre, rien ne lui faisait plus de plaisir que la sensation que nous produisions et qui ne m'enchantait guère ; mais je la voyais si heureuse !

— Je suis habituée à être regardée, disait-elle, tu dois comprendre !

J'en prenais mon parti, mais je ne pouvais me résoudre à vivre à l'hôtel. C'était à chaque instant un sujet de discussion entre nous.

— Enfin, disais-je, tu m'as dit et écrit cent fois que tu étais impatiente d'une vie sage et régulière, dans un *home* arrangé à ton goût. De quoi avons-nous l'air en campement, dans un appartement banal ? Il faut nous installer sérieusement. Le foyer est la base de toute existence sociale et surtout d'une existence comme celle que nous rêvons, faite de travail et d'art.

Louise m'approuvait et nous cherchions l'en-

droit où nous installer. En attendant les jours
passaient et la beauté du ciel nous conviait à
d'agréables excursions en automobile, dans la
voiture retirée aux créanciers enfin apaisés.
J'étais occupé à préparer un concert pour Milan. Ce serait ma première réapparition devant
le public, non plus seulement en concertiste,
mais aussi en homme dont l'aventure d'amour
et le mariage faisaient, hélas ! un phénomène.
Je travaillais sans avoir mes moyens. J'étais
gêné par cette idée que l'on viendrait plutôt
entendre le mari de la princesse de Saxe que
l'artiste compositeur exécutant, et j'étais dans
un énervement d'autant plus grand que je recevais des propositions étonnantes d'incons-
cience de la part de certains impresari.

On m'a offert, et j'en ai les preuves écrites,
des sommes très élevées pour diverses tournées,
notamment en Amérique, à la condition que
Louise de Toscane serait près de moi sur l'es-
trade. J'ai répondu comme il fallait répondre,
mais ma femme aurait bel et bien accepté.

J'évitais de lui faire part, en détail, des sentiments que me suggéraient les propositions qui
m'étaient faites. Elle vit pourtant des lettres que
j'eus l'occasion de répondre, et notamment,

celle-ci adressée au journal de Paris, « Comœdia ».

Monsieur,

Je viens de recevoir le numéro 15 de Comœdia...
Je n'ai pas signé l'engagement avec M. Raspar qui
imposait des conditions qui doivent révolter tout
honnête homme. J'entends continuer ma carrière,
inspirée par l'idéal de l'art et ne pas être pris pour
un malheureux insconscient, aveugle et vendu.

Agréez, etc...

Ma femme me suivit à Milan le 22 novembre
1907 pour le concert du 23. Je devais jouer dans
la salle du Conservatoire avec l'orchestre de la
Scala qui m'accompagna, la *Fantaisie hongroise*,
de List, la *Berceuse*, de Grieg et la *Polonaise* en
la bémol de Chopin.

Malgré que j'eusse essayé de l'en dissuader,
Louise tint à venir au concert et, malheureusement, se plaça en évidence au premier rang, ce
qui indisposa une partie du public qui ne vit
dans cette attitude qu'une malsaine réclame. Les
organisateurs lui avaient offert des fleurs. La joie
embellisait ses traits et sa toilette était réussie.
Son succès de femme fut très vif; mais j'aurais
préféré qu'elle se fût tenue à l'écart en res-

tant avec moi dans le salon des artistes. Sa présence si près de moi dans la salle n'était pas sans m'impressionner désagréablement. J'eus quelque peine à être maître de mon jeu tout le temps du concert. Après la *Fantaisie Hongroise*, Louise vint au foyer des artistes et m'embrassa devant tout le monde...

On me critiquait dans la Presse d'avoir épousé une Altesse Royale et Impériale. Pour bien montrer que je n'attendais pas un surcroît de bénéfices, dans ma carrière, de la publicité faite sur mon nom par suite de mon mariage, j'avais désiré que le premier concert qui marquerait ma réapparition en public serait au bénéfice d'une œuvre de bienfaisance. La recette à Milan était destinée aux sociétés artistiques milanaises qui sont entre elles familialement unies.

A la sortie du concert, quelques Allemands réunis firent une ovation à ma femme. C'était pour elle, de son propre aveu, ses meilleurs moments.

Il est bien vrai que les applaudissements, les saluts, les vivats, les sourires de gens un moment assemblés et qui, une heure plus tard, vous auront oublié ou le lendemain même vous renieront, donnent à ceux qui en sont l'objet une espèce d'ivresse. Quand on y a goûté, il est difficile de s'en deshabituer.

Nous restâmes à Milan le lendemain pour voir quelques ateliers d'artistes et quelques personnalités de mes amis. Louise fut partout accueillie avec autant d'égards que de sympathie et elle fut partout charmante.

xx

XX

INSTALLATION A FLORENCE

Je pris prétexte de notre heureux voyage pour dire à Louise :

— Me voilà reparti, il faut préparer d'autres concerts. Je ne peux pas travailler à l'hôtel. Tu ne peux pas y recevoir. Installons-nous modestement, mais installons-nous.

— Laisse-moi faire, répondit ma femme ; travaille, compose, prépare de grandes œuvres, de belles auditions, tu vas me voir à l'œuvre.

— Oui, mais je t'en prie, pas de folies, soyons sages.

Quinze jours après nous étions installés dans un appartement privé, au n° 6 via Ferdinando Bartolomméi, à Florence, et Louise avait monté la maison à sa tête : femme de chambre, valet de chambre, cuisinière aide, chauffeur, auto,

rien ne manquait. Mais alors mes parents
s'émurent. Où allions-nous et était-ce là cette
vie modeste qui devait convenir à un artiste et
à sa femme, désireux de se concilier l'estime
publique ? Enfin qu'achetait Louise et qui la
conseillait ? Elle se laissait flouer par les marchands de fausses antiquités et faisait entrer
chez nous des choses invraisemblables. Il y eut,
entre autres singularités, huit sièges de salon
qui venaient, paraît-il, de Laurent de Médicis et
dont cinq, au bout de quinze jours, n'étaient
plus que des débris. Autre malheur : tout était
rouge. Nous avions prêté à Louise des connaissances en matière d'ameublement et des goûts
artistiques qu'elle n'avait certainement pas.
L'influence toscane n'avait aucunement corrigé
l'origine allemande de ma femme. J'ai rarement
rencontré quelqu'un d'aussi dépourvu du sens
de la couleur et de l'harmonie. Il y a vraiment
quelque chose de barbare au fond des âmes
teutones.

Et que dire de Louise, maîtresse de maison ?
Ma mère osa s'informer des détails domestiques.

— Surveillez-vous l'office et la cuisine ?
demanda-t-elle à sa belle-fille.

— Certes, maman chérie, rien ne m'échappe.

Je lisais alors dans les yeux de ma mère qu'elle avait relevé quelque énormité. Du geste, je la suppliais de se taire ou je trouvais quelque moyen de changer de conversation. J'avais un argument sans réplique.

— Dans l'état où est Louise, il ne faut pas la contrarier.

Sa grossesse, en effet, se poursuivait et, Dieu merci ! très heureusement. J'aurais voulu lui éviter toute émotion.

Je ne pus lui épargner celle qu'elle eut de la mort de son père, le Grand Duc de Toscane. C'est moi qui, un matin, appris par les journaux que le Grand Duc venait d'expirer. La famille de ma femme n'avait pas appelé Louise au chevet du mourant ni songé à l'informer d'une perte aussi cruelle. Que faire ! Mes réflexions n'étaient pas sans amertume. Je prévins Louise de la triste nouvelle, après l'y avoir préparée. Elle témoigna le plus vif courroux du dédain des siens. Elle télégraphia sur le champ à Salzsbourg, au Palais du Grand Duc. On ne lui répondit pas. Ma femme s'en prenait surtout à l'avocat Mattaroli qui, assurément, avait dû être averti. Son devoir le plus strict, sans parler du sentiment naturel à un homme de cœur, aurait dû le pousser à prévenir Louise de Toscane du malheur qui la frappait, pour lui éviter d'en être brutalement informée par les journaux. Aussi, quand l'honorable Léonida vint présenter ses condoléances, elle ne voulut pas le recevoir.

Je m'employais à la calmer, à la distraire de ce chagrin en l'intéressant à ma vie artistique qui reprenait son cours. J'avais un concert à donner à Gênes, un autre à Bergame et je venais de recevoir de Varsovie une proposition des plus flatteuses. Je m'absentai pour aller à Gênes. Le concert de Bergame fut remis par suite d'une désorganisation d'orchestre. Durant mon absence, Louise m'écrivit chaque jour. Nous eûmes une correspondance d'époux aimants et fidèles. Je n'en fus que plus péniblement surpris, quand je rentrai, en trouvant la maison dans un désarroi complet et mes parents de plus en plus consternés. Mais encore une fois, à cause de la grossesse de ma femme, je les suppliai de ne rien dire.

Tout alla ainsi cahin-caha jusqu'en mars, époque de mon départ pour Varsovie où la Société Philarmonique me reçut et voulut bien fêter en moi l'exécutant aussi passionné que respectueux de l'œuvre de l'immortel Chopin. Il m'était doux de l'interprêter comme je le sens, sur la noble terre de Pologne, pays qui le vit naître.

Je revins, ravi de ce voyage qui fut excellent sous tous les rapports et plus désireux que jamais de poursuivre ma carrière artistique si bien recommencée,

Louise était alors toute au trousseau du bébé qui allait naître. Il n'était plus question de la petite Princesse Monica ni de ses autres enfants. Pauvre charmante fillette ! J'étais seul peut être à y penser souvent. Pourtant sa mère, au jour de l'an, lui avait envoyé un porte-aiguilles en or avec un dé sur lequel, elle avait fait graver « Von Memili » — « de la part de Maman. » Hélas ! quinze jours après, le porte-aiguilles et le dé revinrent via Ferdinando Bartolommei avec une lettre de la gouvernante qui avait emmené l'enfant en Saxe. Cette lettre expliquait que S. M. le Roi ne pouvait laisser accepter quoi que ce soit par la Princesse Monica. Louise ne se tint pas pour battue. A Pâques, elle fit expédier à sa fille un œuf en sucre rempli de bonbons. L'œuf revint comme le porte-aiguilles, mais

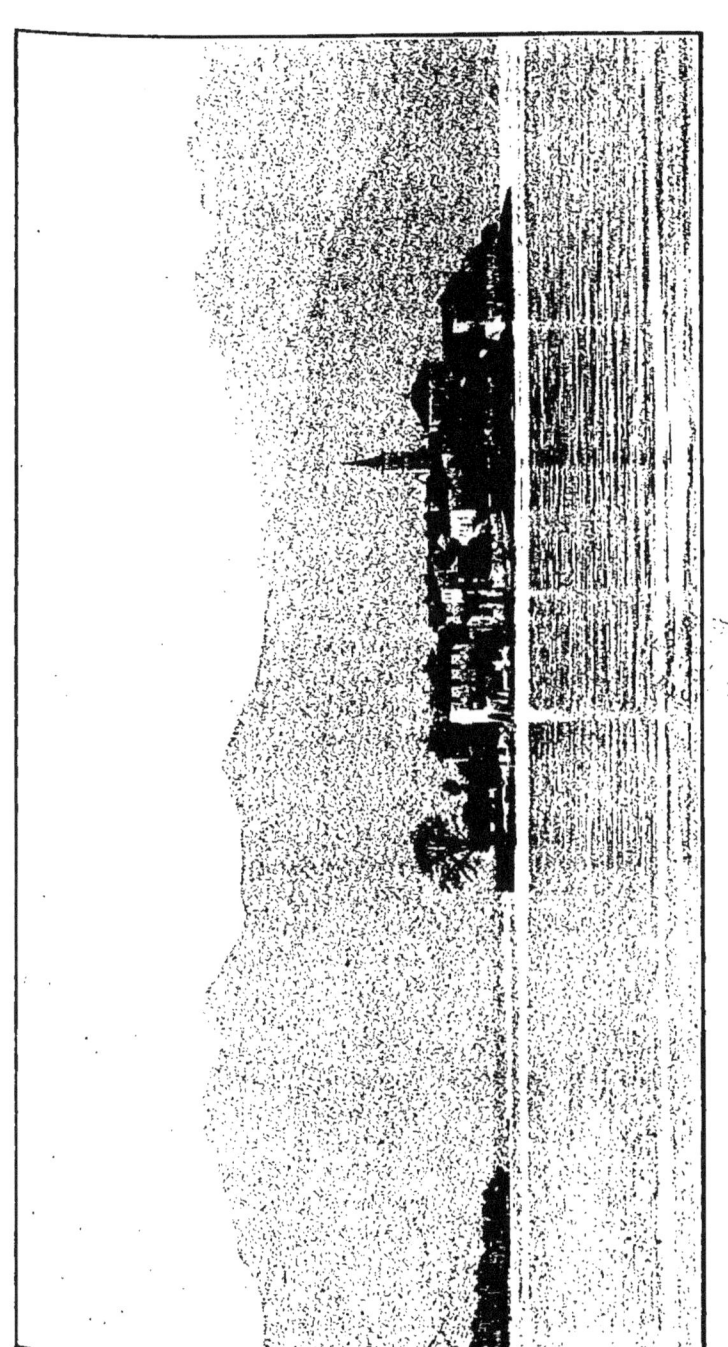

L'île des Pêcheurs, Lac Majeur.

cette fois, pas de lettre. Ce jour là aussi la maison fut sans joie...

Je calmais Louise, je citais à tout moment notre proverbe italien qui dit que le temps est galant homme et sait tout arranger. Je m'attachais à dire :

— Pourquoi tant de colère? Tu refais ta vie, nous sommes à peine mariés, attends, laisse passer des mois et des mois ; donne l'impression que tu es véritablement aujourd'hui la femme fidèle et rangée d'un artiste qui, lui aussi, continue paisiblement sa carrière et tu désarmeras tout le monde, même la Cour de Saxe.

Mais déjà Louise ne m'écoutait plus.

Elle accoucha le 7 mai 1908. Elle avait décidé d'elle-même que si son enfant était une fille, on l'appellerait Yolande ; si c'était un garçon, on l'appellerait Charles, Emmanuel Philibert, en souvenir du Duc de Savoie, héros de la bataille de Saint-Quentin.

L'accouchement se fit le 7 mai 1908, normalement. Ma femme entra dans les douleurs à six heures du matin et fit appeler immédiatement ma mère qui ne la quitta plus. Le médecin arriva un peu plus tard. La garde infirmière était déjà là depuis plusieurs jours.

J'ai éprouvé qu'un père souffre aussi en cette pénible circonstance. Quelque chose se convulsait en moi. Les préparatifs du Docteur, ses fers étalés, ma femme tirée de sa couche et portée sur un lit de camp, les cris qu'elle poussait, tout cela me serrait le cœur. Je sortais, je rentrais, je ne pouvais être bon à rien, et Louise, dans ses douleurs, compatissait à mon trouble. Elle fut très tendre pour ma mère et pour moi. A onze heures, Buby vint au monde et son apparition offrit quelque difficulté. Il était inanimé tout d'abord. Le Docteur dut taper dessus fortement pour rétablir en lui la circulation du sang.

Qu'il était laid alors, mon cher Buby, devenu aujourd'hui un si gentil petit garçon. Il avait d'abord des yeux bleus ; ils sont devenus noirs. Aussitôt qu'on l'eut sorti du bain et enveloppé dans ses langes, on le mit dans mes bras et je le présentai à sa mère. Elle ne voulut pas l'embrasser. Elle était abattue, elle souffrait encore. On posa Buby dans son berceau. Il y fut très tranquille.

Louise n'eut pas de fièvre et le lait vint en temps voulu, abondant et excellent. Elle nourrit Buby pendant quatre mois et demi, au bout desquels elle déclara qu'elle n'avait plus de lait, et nous dûmes recourir aux nourritures artificielles.

C'était la première fois que Louise nourrissait ; le métier de nourrice l'avait d'abord tentée. Elle parlait des devoirs de la maternité avec éloquence. Son lait, c'était son sang, et elle voulait que son fils n'eut pas dans les veines, comme ses autres enfants, un sang étranger. Cette belle ardeur était simplement l'engouement de la nouveauté et quand elle comprit les sacrifices que cette charge imposait, elle se lassa et y renonça.

Louise supporta étonnamment les suites de l'accouchement. Trois jours après, elle se levait, et au bout d'une semaine, elle sortait... Tout allait bien à ce moment. Devant Buby, ma mère oubliait ses appréhensions et ses craintes. La naissance de ce petit être avait mis la maison en joie. Il nous semblait qu'il effaçait tout le passé et qu'il nous apportait une certitude de bonheur. Louise passait son temps à remercier ma mère qui avait assisté le Docteur accoucheur; elle témoignait pour elle d'autant d'égards que de tendresse. On allait voir le tout petit dans son berceau. On épiait ses faits et gestes. Peu à peu sa figure s'arrangeait. Au premier jour, sa bouche était ouverte jusqu'aux oreilles. Chaque fois qu'il prenait le sein, nous faisions cercle pour le voir se gorger de lait et l'on félicitait Louise d'être une parfaite nourrice.

Le ciel de notre quiétude s'obscurcit à propos de la question du baptême. Ma mère, très pieuse, disait :

— Il faut baptiser Buby.

— Assurément, répondait Louise, nous le baptiserons, mais rien ne presse.

Elle trouvait toujours un prétexte pour remettre la cérémonie.

Mon père, qui est aussi un homme de traditions, prit ombrage de ces ajournements :

— Je tiens à ce que mon petit-fils soit baptisé, déclara-t-il, et tout de suite. Je ferai le nécessaire.

Alors, quand nous fûmes seuls, Louise me déclara :

— Je veux qu'il soit baptisé comme ses frères et sœurs. Je n'admettrai pas que mon fils aille à l'église comme les enfants du peuple. On a baptisé mes autres enfants à la Cour, on baptisera Buby à la maison.

Mon père voulut bien se charger des démarches.

J'aurais préféré pour mon fils un baptême comme pour les autres enfants. Nous sommes tous égaux devant la naissance et devant la mort. Mais on se lasse de toujours discuter et contredire, on veut avoir la paix. J'avais donc acquiescé à ce baptême à effet. Louise n'eut plus d'autre souci que d'orner notre salon de la via Ferdinando Bartolommei pour la circonstance. Ce serait la chapelle princière où les prêtres officieraient.

Le baptême eut lieu le 13 juin 1908 par une journée radieuse, Louise avait une robe en dentelle, un corsage décolleté et des fleurs blanches dans les cheveux. Trois prêtres célébrèrent le baptême de Buby qui criait comme un possédé. Ma femme ne m'avait pas caché qu'elle n'ajoutait aucune espèce d'importance à cette cérémonie, mais elle ne voulait pas « heurter les sentiments religieux de la Cour de Dresde. » Elle fut très gracieuse pour le prêtre officiant, Don Piero Rigacci. Elle demanda seulement que Buby fut présenté couché sur un grand plat d'argent, recouvert d'une dentelle qu'elle évaluait à mille marks et qui avait servi, ainsi que le plat, disait-elle, au baptême des enfants de Saxe.

Mon père et ma mère étaient parrain et marraine. Ils ne ménagèrent pas, on le pense, ni les bonbons ni les présents qu'ils devaient a leur filleul et à la maman, et quand Louise se mit à table au dîner de baptême, elle trouva sous sa serviette, une montre ancienne, en or, avec la clef montée en camée, et portant la date de ce jour mémorable. C'était mon présent personnel, bijou de famille, qu'un an plus tard elle s'avisa, d'une manière que je ne veux pas qualifier, de ne plus vouloir porter. Elle me l'a rendu sans explication aucune, car, paraît-il, une Princesse de sang royal n'en donne pas...

Ma mère avait offert à Buby une chaîne qu'elle avait fait choisir à Louise, et une médaille en or, véritable bijou artistique et d'esprit religieux. Jamais Louise n'en a paré l'enfant et ce précieut ornement disparut sans que nous sûmes comment.

Si n'était la tristesse qu'il y a à mentionner de tels détails, je pourrais montrer que le chapitre des bijoux est un triste chapitre de cette histoire et très significatif ; mais je préfère me taire autant que je le pourrai sur les trafics étranges, les gaspillages et les vilenies que tous ces menus bibelots, auxquels on attache tant d'importance, ont causé dans notre ménage.

XXI

VILLÉGIATURE A VISERBE

Buby était faible. Les médecins conseillaient un changement d'air et beaucoup de tranquillité. Le Docteur qui avait accouché ma femme, préconisa la station de Viserbe, sur l'Adriatique, à quelques kilomètres de Rimini, cité d'art et de poésie. Louise pria ma mère de s'y rendre avec moi et de choisir un « villino » isolé et en pleine campagne. Elle souhaitait de jouir d'une grande liberté.

Je fus heureux du conseil du Docteur et du désir de ma femme, car j'ai passé, avec mes parents, à Rimini, à la villa des Vergers, château vraiment princier, d'inoubliables séjours. Nous étions alors les hôtes de Mme des Vergers, née Firmin-Didot. Son fils le Chevalier Gaston Noël des Vergers est un gentilhomme dans toute l'acception du terme. Sa sœur, la Marquise Hélène Toulongeon, une femme charmante et d'une amabilité exquise. Tous aimaient la musique. Je me suis trouvé là dans un milieu indulgent, cordial, encourageant. J'y ai travaillé avec bonheur. Il faut à l'inspiration des cadres favorables. Hélas ! ce temps heureux est loin. J'avais alors, devant mes yeux ravis, le mirage d'un bel avenir. Une société choisie et artistique fréquentait les salons de la villa des Vergers. Entourés d'une élite sociale, les artistes y recevaient l'accueil le plus flatteur. Que de bonne musique on faisait ! C'est là que Leoncavollo nous fit entendre sa *Bohême*, Panzacchi, ses poésies. Hélas ! la mort est venue enlever aux malheureux de la région leur ange tutélaire et au Chevalier des Vergers, à la Marquise de Toulongeon et à ses enfants, la meilleure des mères, la plus tendre des aïeules.

Nous partîmes pour Rimini et nous reçumes le plus aimable accueil au château de Saint-Laurent. Grâce aux indications de M. des Vergers, nous trouvâmes à Viserbe une villa paisible, telle que la rêvait Louise. Je rapportai le plan et la photographie. Elle lui plût ; je la louai pour trois mois.

Voilà donc ma femme et mon enfant en route pour Viserbe et partis pour un nouveau domicile. Je dus rester à Florence, retenu par une de mes compositions : *L'Automne*, un chant qu'éditait Puccio, de Milan. Ce travail me retint trois jours. Lorsque j'arrivai à Viserbe, je trouvai Louise déjà fatiguée d'être seule avec ses gens et son fils. Elle manifesta le désir d'inviter son amie, Mlle Zimmer, cette faiseuse de romans, qui vivait à Florence et s'entendait si bien à donner de « l'Altesse Royale » à ma femme, à tout bout de champ.

Je n'ai pas beaucoup de sympathie pour les personnes qui se dépensent en hyperboles et en compliments et qui, en outre, s'occupent constamment des affaires des autres. Elles ont ordinairement beaucoup trop d'imagination, inventent ce qu'elles ignorent et cultivent les potins.

Sans mettre l'honorable bas-bleu dans cette catégorie, j'aimais autant que ma femme et mon fils connussent une paix complète. Je recommandais à ma femme d'éviter tout ce qui pourrait nuire a la paix de notre ménage. Mais je dus revenir à Florence une semaine. Je devais faire l'accompagnement de *L'Automne* pour orchestre. J'écrivais à Louise. Ma première lettre, affectueuse comme toujours, contenait quelques avis utiles à mon sens et formulés franchement. Fâchée, elle s'abstint de répondre. Ma mère eut la bonté de lui écrire à son tour, devinant ce qui se passait en sa belle-fille. Elle reçut une réponse qui mérite d'être citée :

> *Villa Viserbella*
> *Viserba par Rimini*
> 21 juillet 1908.

Maman chérie,

... Je viens de recevoir ta lettre expresse et je t'embrasse pour tes maternels conseils, mais en même temps, il faut que tu comprennes aussi qu'Enrico a eu tort de m'écrire des choses qui étaient non seulement inutiles, mais cruellement injustes ! J'ai été blessée au vif et ne voulant répondre sous l'impression première (car par expérience je sais que l'on ne doit jamais le faire) j'ai préféré m'envelopper dans un silence parfait. J'attendais toujours des nouvelles d'Enrico et aujourd'hui tu me les donnes...

Les moindres mésententes sont vite passées, si l'on peut se parler, mais gare si l'on veut mettre sur le papier ce qu'on dirait de vive voix... Enrico est facilement influencé avec son âme jeune d'en-

fant emporté et jaloux, Il a besoin d'une main qui
le guide. Moi je suis peut-être trop décidée et
habituée à l'indépendanee. J'ai besoin de beaucoup
de douceur, de patience et beaucoup beaucoup de
tendresse ! ! ! alors je suis facile à guider...

Cette lettre qui, en somme, ne disait rien, ne
me parut pas très rassurante. Elle me surprit
péniblement. Je ne tardai pas à comprendre
qu'il y avait quelque chose de changé en ma
femme et quelle en était la cause.

Quand je revins à Viserbe pour copier ma
musique et achever mes arrangements, j'appris
que Mlle Zimmer était venue, puis repartie.

C'était sans doute une coïncidence, mais ma
femme me parut étrange et, pour tout dire,
très différente.

Heureusement, survint une autre amie de
Louise, Mlle Paula Koenig, tout à fait délicieuse,
simple, mesurée, loyale. Nous passâmes avec
elle quelques jours heureux. Nous fûmes plusieurs fois à Rimini, puis à Ravenne. J'essayais
de travailler, j'étais fréquemment dérangé, mais
j'avais encore ma liberté d'esprit.

Soudain, au début de septembre, nous étions
à moitié de notre location, Louise me déclara

qu'elle ne pouvait plus se supporter à Viserbe.

— L'air est affreux. Je n'ai jamais rien respiré de plus lourd, de plus empesté. La malaria nous environne. Buby dépérit tous les jours.

En dix minutes elle peupla la maison de fantômes et je vis suspendues sur nos têtes toutes les calamités. J'essayai pourtant d'objecter que Buby paraissait en bon état ; mais on me répondit que je n'y entendais rien et que je voulais la mort de mon enfant. J'étais égoïste comme tous les artistes. Je n'avais même pas vu que ma femme n'était plus l'ombre que d'elle-même.

— Enfin, que veux-tu? demandai-je. Quelles sont tes intentions ?

— Je veux aller à Venise.

— Mais nous avons loué cette maison, nous nous sommes installés à Viserbe...

— Je veux aller à Venise.

— On nous a fait, dans la contrée, un accueil aimable... On nous attend ici et là...

— Je veux aller à Venise...

J'aimais autant avoir la paix ; je répondis :

— Puisque tu le veux, allons à Venise.

XXII

UN AN APRÈS

On ne se lasse jamais d'aller à Venise. J'y revins cette fois, accompagé de ma nouvelle famille. Buby était avec nous, suivi de sa nurse. Les autres domestiques étaient restés à Florence.

Nous descendîmes à l'hôtel Luna sous le nom de San Marcellino, pour dépister les journalistes qui s'intéressaient toujours à nos faits et gestes.

Nous eûmes alors huit jours paisibles. Promenades en gondole, sérénades sur l'eau, pélérinages aux endroits où nous avions passé amoureux et fiancés ; excursions au Lido, rien ne manqua. Le ciel était aussi de la fête. Je me reprenais à croire que j'avais tort de m'assombrir, d'avoir des inquiétudes et je cherchais à conquérir complétement Louise par la douceur, par des raisonnements que je m'efforçais de présenter en évitant quoi que ce fût qui aurait pu la froisser ou lui déplaire. Elle était bien disposée et m'écoutait avec approbation.

Je profitai de sa bonne humeur pour écourter la vie d'hôtel et nous rentrâmes chez nous, à Florence, via Ferdinando Bartolommei.

Nous y étions à peine que Louise, sans rien me dire, s'avisa brusquement de télépraphier à ma mère qui était à Milan chez des amis. Sa belle-fille la rappelait d'urgence. Ma mère court au train avec mon père et arrive chez nous. Elle prend à part Louise qui ne lui dit rien d'extraordinaire et l'accueille comme si elle venait de la maison d'en face...

Nous nous sommes demandés quelle idée avait bien pu traverser le cerveau de ma femme et nous avons commencé à être plus inquiets que par le passé.

Nous touchions à l'anniversaire de notre mariage. Nous le fêtâmes le 25 septembre 1908 en offrant à Louise des présents qui pouvaient lui plaire. Mes parents furent, comme toujours, excellents à cette occasion qui m'inspira, dans une heure de sollitude, l'idée de mesurer le chemin parcouru.

Ma famille, devant moi, paraissait encore optimiste. Elle n'avait pas perdu l'espoir et la confiance qu'elle s'efforçait d'avoir depuis notre mariage, soumettant son cœur à sa raison. Je devais cependant me rémémorer les froissements, les bizarreries et autres fautes qui pouvaient m'effrayer. Cependant l'opinion publique nous était favorable, à quelques potins près, qui, pour la plupart, provenaient de journaux inventifs.

Le premier orage entre nous, précurseur de la tempête date du mois d'octobre 1908.

Les fantaisies de Louise s'aggravèrent peu de temps après son retour à Florence. Passons sur ses achats invraisemblables, sur ses dépenses personnelles. On lui avait rendu son apanage, elle le touchait. J'aurais voulu ignorer l'emploi qu'il lui convenait d'en faire; encore fallait-il que la maison fut en ordre et que l'existence que nous menions me permît de travailler. Or, je trouvais de plus en plus que rien n'était à sa place autour de nous et que les relations de ma femme ne répondaient pas à la situation morale que mes parents occupaient à Florence, à celle que j'y avais moi-même. Elles constituaient pour Louise, en raison même de son origine, un défi au bon sens. Je n'ai pas mentionné les personnalités inattendues qu'il lui avait plu d'inviter au dîner de baptême de Buby, au mois de juin ; c'est par pure charité. Bref, en octobre, j'étais décidé à ne voir venir chez nous que des gens d'un commerce agréable et connus ou estimés à Florence. Mlle Zimmer était sous ce rapport, ce que Louise connaissait de mieux. A chaque instant, cette femme de lettres paraissait au logis.

Un matin, nous allions nous mettre à table, Mlle Zimmer arrive. On l'invite. Elle déjeune avec nous et la conversation prend pour thème une histoire domestique. Nous avions un valet, qui, sans mon autorisation, était allé à une réunion socialiste. Je me permis de déclarer que l'on ne saurait avoir des domestiques pour les encourager dans la voie de la destruction sociale.

Louise rétorque mes arguments, s'enflamme, et, à côté d'elle, Miss Zimmer prend feu.

J'ai l'habitude de tenir à mes idées, surtout quand je crois que l'expérience des faits peut démontrer qu'elles sont raisonnables. Je m'échauffe moi-même. La discussion s'envenime. Miss Zimmer se jette à corps perdu dans

Enfin seuls !

la bagarre et je finis par lui laisser entendre qu'elle sera sage à l'avenir en ne prenant pas la peine de délaisser son intérieur pour ne s'occuper que du nôtre.

A partir de ce jour-là il y eut entre ma femme et moi quelque chose de cassé et qui ne se raccommoda pas.

Elle sortit plus fréquemment sans que je susse où elle allait. Son allure devint plus libre. Elle prenait une voiture dans la rue, s'y dressait et parlait au cocher debout, à très haute voix, pour se faire remarquer. Mes parents devenaient malheureux. On juge de ce que de bonnes âmes leur racontaient. J'étais pris entre eux et ma femme, et le désordre régnait de plus en plus à la maison.

Louise de Toscane n'avait aucune idée de l'ordre. Un tas de faits me revenaient à l'esprit. Je me rémémorais toutes les circonstances dans lesquelles mes parents avaient dû déjà venir à notre aide, et de plus en plus, l'infériorité sociale et morale des gens dans la compagnie desquels elle se plaisait, me consternait. Nous faisions des efforts vains pour lui constituer un cercle de relations où elle aurait pu trouver les joies du cœur et de l'esprit.

11

Ma famille était depuis de longues années en relations avec la comtesse Talon, née Ameriga Vespucci, la dernière descendante de l'illustre découvreur de continent. C'était une gloire de Florence. Elle avait un grand âge, mais sa société était encore des plus recherchées. Elle avait vécu longtemps à Paris et suivi son mari, qui était officier à la campagne de Crimée. Ma mère lui avait présenté sa belle-fille, et la comtesse, femme très cultivée, témoignait beaucoup de bienveillance à Louise. Elle m'affectionnait. Elle essaya bien volontiers de donner quelques conseils à ma femme. Elle lui faisait des représentations sur ses écarts et ses erreurs.

— Henri vous aime, lui disait-elle, vous avez un enfant. Les vieillards ont l'expérience de la vie. Gardez-vous des dangers, ne cédez pas aux emballements de votre nature, aux impulsions irraisonnées qui tourmentent votre esprit.

Louise aurait pu beaucoup gagner près de cette véritable grande dame qui avait été d'une beauté merveilleuse et mêlée aux événements de la libération de l'Italie. Elle était pleine de nobles souvenirs. Dévouée à Mazzini, à Cairoli, aux frères Bandiera, à Cavour, à Garibaldi, elle avait risqué sa vie pour porter des proclamations patriotiques, cachées dans ses souliers, au temps où, jeune et belle, elle n'était environnée que d'hommages ; mais si les Autrichiens l'avaient prise, ils ne l'auraient pas épargnée.

Elle parlait toujours avec autant de bonté que de précision.

Louise répondait à ses objurgations et avis par l'assurance qu'elle m'aimait follement et qu'elle était fidèle.

— Je suis une épouse et une mère accomplies, disait-elle.

Et peut-être, la malheureuse, en était-elle

XXIII

UNE MAÎTRESSE DE MAISON COMME ON N'EN VOIT PAS

Nous étions en novembre dans notre appartement de la via Ferdinando Bartolommei. Depuis quelques semaines ma femme n'avait pas changé de place. Evidemment, elle devait couver quelque accès de voyagite. J'avais pris une bronchite et je dus rester quinze jours au lit. Au moment où je grelottais de fièvre, Louise jugea l'heure favorable pour me déclarer qu'elle voulait déménager. Je la suppliai de me laisser au moins me rétablir et de ne pas ajouter à l'ennui que j'avais d'être malade celui d'une discussion de plus. Elle n'en agit pas moins à sa tête et, pendant que j'étais couché, elle fit tout emballer et retirer de notre appartement, sauf les gros meubles et ce qu'il y avait dans ma chambre. Je ne me doutais de rien. Mes parents ne venaient pas quotidiennement. Il y avait brouille entre eux et ma femme qui aurait voulu que je cesse de les voir.

Notre enfant, alors, n'annonçait pas ce qu'il est aujourd'hui. Il n'a commencé à vivre que le jour où le tribunal de Florence, sur ma demande, l'a confié à mes parents. De sa naissance à sa troisième année, il a été souffreteux, maigrichon, inquiétant. Louise prétendait sortir avec lui par tous les temps et jusqu'à la nuit close. Ma mère avait blâmé tant d'imprudence. Mais comment retenir ma femme au logis, et s'il lui plaisait de se parer de sa maternité, comment l'en empêcher? De là une brouille de belle-mère à bru.

Un soir, le 18 décembre, ma grippe étant à peine encore en décroissance, mes parents viennent me voir. J'étais dans la plus vive inquiétude. Louise était sortie depuis plusieurs heures avec l'enfant, elle ne reparaissait pas et je n'entendais plus rien dans l'appartement. Inquiet de savoir si Buby était assez couvert, j'eus l'idée de me lever et d'ouvrir une commode qui était proche de mon lit et contenait ordinairement le linge et et les petits vêtements du bébé. Elle était vide. Que se passait-il? Qu'avait fait Louise? Mes

parents, dans ma chambre, se livraient comme
moi à toute espèce de suppositions. Enfin, ma
femme arrive; il était près de sept heures. Plus
de Buby. Où avait-elle laissé notre fils?

Je me soulève sur mes oreillers, repris de fièvre
à l'idée d'un malheur. Mes parents étaient tout
tremblants.

— Quoi! Qu'avez-vous? dit Louise. Que te
prend-t-il, Enrico? Je t'avais dit que je ne voulais pas rester ici, je n'y resterai pas. Buby et moi
et mes femmes nous nous sommes installés tantôt à l'hôtel de Rome. Si tu as des explications à
me demander, je te les donnerai, mais pas devant tes parents.

Mon père et ma mère sortirent en se contenant
à grand peine. Quant à moi, je m'étais affaissé
sur le lit.

— A l'hôtel de Rome!... Comment! Nous
avons une maison montée, j'ai besoin d'une vie
d'ordre pour travailler, d'une existence simple,
mais régulière... je suis malade et alité et elle va
s'installer à l'hôtel de Rome!... Il faut que j'aille
à l'hôtel de Rome!... Il faut recommencer la vie
d'hôtel!...

Si faible que je fusse, je me levai, je me vêtis,
et, au risque de greffer une fluxion de poitrine

sur ma bronchite, dans notre appartement en désarroi et à peine chauffé, j'essayai de ramener ma femme à la raison.

— Qui te conseille, lui dis-je? Reviens chez nous avec Buby. Je suis malade, tu me laisses. L'enfant est faible. Tu sais ce que c'est que la vie d'hôtel : c'est le confort le plus factice. Ecoutes-tu des fous ou des misérables qui te montent la tête? Rentre chez toi.

— La maison me déplaît.

— Nous l'arrangerons.

— Le quartier m'horripile.

— C'est un des plus agréables de Florence.

— Je ne veux plus tenir de maison.

Je résistai. Je refusai de me laisser transporter à l'hôtel de Rome et Louise dut aller chercher Buby et réintégrer le domicile conjugal. Mais elle était furieuse et pendant trois jours elle me fit une telle existence que le troisième jour j'ai cédé. Mon état physique était meilleur. Nous sommes allés à l'hôtel de Rome.

J'avais contre moi tout le monde : mes parents et mes amis... La fièvre me reprit à l'hôtel et je pensais avec désespoir à mes travaux en cours. Depuis notre retour de Venise, j'avais écrit une suite pour quatuor à cordes et quatre pièces pour piano. J'avais travaillé de mon mieux ; mais dans quelles conditions ! Je pensais avec désespoir à une demi-douzaine de compositions ébauchées que je ne me sentais pas en état d'achever. Le métier d'artiste veut la paix. Il vaut mille fois mieux, pour quelqu'un qui travaille du cerveau, avoir autour de soi une femme sotte, laide, pauvre, mais douce, que la plus intelligente, la plus belle, la plus riche — et la plus enragée des femmes.

Tout fut enlevé via Ferdinando Bertolommei et mis au garde-meuble. Ce fut un gâchis épouvantable. Quelques semaines plus tard, Louise plantait tout là, en janvier 1909, et allait avec Buby, à Sainte-Marguerite, sur la Riviera.

Nous sommes entrés à présent dans le tourbillon. Ma femme est au bord de la mer, moi je suis resté à Florence. Louise laissait un tas de choses à régler. Je les règle et j'aime autant taire les conditions dans lesquelles je dus agir pour que tout s'effectuât correctement, honnêtement, bourgeoisement. Puis, inquiet au sujet de mon fils, j'allai à mon tour à Sainte-Marguerite.

Ma femme n'y était pas depuis un mois qu'elle découvrit que la nourriture, le lit, le vent, tout était insupportable.

Je ne crois pas avoir besoin de défendre la
Riviera et de faire un éloge particulier de Sainte-
Marguerite, qu'il ne faut pas confondre avec la
Sainte-Marguerite du bord du lac de Lugano,
endroit très agréable où l'on va par le funiculaire
de Lanzo d'Intelvi. La Sainte-Marguerite du bord
de la Méditerranée, dénommée le plus souvent
Sainte-Marguerite Ligure, est une délicieuse villégiature d'été, très ombragée, très abritée, très
gaie. On y voudrait vivre toujours. C'est une
petite ville des plus prospères où les relations et
les sujets de distraction ne manquent pas. Mais
qu'aurais-je dit à Louise? Elle s'était mis dans la
tête d'aller de l'autre côté du golfe qu'elle avait
sous les yeux, à Rapallo. C'est une autre petite
ville un peu plus élégante; mais quand on est à
Sainte Marguerite, c'est comme si on était à Rapallo; la route qui relie les deux endroits est admirable. La distance est courte. C'était vouloir
se déplacer pour le plaisir de se déplacer. La
nourriture, le lit, le vent, seraient à Rapallo ce
qu'ils étaient à Sainte Marguerite...

Nous fûmes tout de même à Rapallo.

Par bonheur, ma femme y fit la connaissance
de la comtesse Hélène Skarzynska et de la baronne Strombeck, deux femmes d'une parfaite

honorabilité, d'une réelle distinction, en qui elle aurait pu trouver des amies comme j'en souhaitais pour elle. Les premiers jours tout alla bien; mais ces dames ne mirent pas longtemps à découvrir que Louise tenait des propos peu ordinaires.

Un de ses passe-temps préférés était, à table, devant moi et au milieu d'Italiens comme moi, de critiquer la tenue que l'on a à table en Italie. Il lui paraissait plaisant d'établir que les Italiens ne savent pas manger ni se servir convenablement d'une fourchette. C'était chez elle une idée fixe, une marotte horripilante.

J'ai eu bien des fois l'occasion, dans mes voyages, de rencontrer des Allemands attablés et de constater la distinction de leurs manières... Louise qui croyait spirituel de se singulariser par des impertinences déplacées, aurait pu commencer par se corriger des défauts de tenue dont elle est coutumière en mangeant; mais la fable du fabuliste Français est toujours vraie : « On voit la paille dans l'œil des autres et on a la poutre dans le sien ».

XXIV

FANTAISIES DIVERSES... ET PÉNIBLES

Nous étions depuis plus d'un mois à Rapallo. J'avais pu mettre à profit les heures où Louise excursionnait ou bavardait sans moi, pour avancer quelques compositions musicales où je commençais à me reprendre, une fois de plus, à l'espoir d'une amélioration du caractère de ma femme, lorsqu'elle me fit, à bout portant, selon son habitude une déclaration que rien ne justifiait :

— Rapallo est mortel. J'étouffe, je sens que j'y tomberai malade. Je n'y vois que des gens stupides. Je vais aller à Signa chez la marquise d'Asnasch.

Sans me laisser le temps de répondre, elle sort. J'étais encore entrain de me dire :

— Mais, mon Dieu, que lui prend-il ? Je n'aurai donc jamais quinze jours de tranquillité ! Il faut donc renoncer à toute espèce de choses suivies, à toute espèce de travail commencé pour aller chez la marquise d'Asnasch que je ne connais pas... C'est insensé !

Louise rentre.

— J'ai télégraphié que j'arriverai demain avec ma femme de chambre, Buby et sa nurse. Tu viens avec moi...

— Certes non, Louise, je n'ai pas l'honneur de connaître le marquis et la marquise d'Asnasch.

— Mais, moi, je les connais.

— C'est possible. Il y a une nuance.

— Je les connais depuis des années.

— Je ne dis pas le contraire, je n'en serais pas moins très gêné d'être leur hôte sans avoir été invité.

— Mais puisque je serai là.

— Ce n'est pas une raison suffisante à mes yeux. Je peux t'emmener chez de vieux amis à moi que tu ne connais pas encore, rien de plus naturel ; mais que j'arrive, pour un séjour plus ou moins prolongé, dans une famille avec laquelle je n'ai pas encore de relations, ce n'est pas raisonnable. Signa est à dix minutes de

Florence. Rentrons à Florence. Nous irons, un jour, faire une visite au marquis et à la marquise, tu présenteras ton mari, nous nous verrons ensuite ; un peu plus tard, nous pourrons être des hôtes : mais je refuse de m'imposer.

Je vis sur son visage que nous allions avoir une scène. J'adoptai le parti de faire une concession.

— A la rigueur, je ne t'empêche pas d'aller chez la marquise d'Asnasch avec Buby. Je t'accompagnerai jusqu'à Signa, tu descendras et j'irai chez mes parents, puisque nous n'avons plus de domicile à Florence. Je viendrai ensuite présenter mes hommages au marquis et à la marquise.

Elle parut se rendre à mes raisons.

Dès le lendemain nous partîmes pour Signa. C'est une petite bourgade pittoresque accrochée au flanc d'un des derniers contreforts des Apennins, au bord de l'Arno, dans la campagne florentine.

Le marquis et la marquise d'Asnasch éblouis par le titre d'Altesse Impériale et Royale (titre qui lui a pourtant été enlevé par décret de S. M. l'Empereur François-Joseph) ont pour la comtesse de Montignoso une grande déférence et

sont aussi flattés que fiers de la recevoir chez
eux. La marquise espère toujours que la princesse rentrera dans la bonne voie. On a pu pendant longtemps la plaindre et croire qu'elle
n'était pas la première cause de ses malheurs.
Il est vrai que la fatalité y est aussi pour une
bonne part. Un autre sang eut mieux valu pour
elle que le sang royal et impérial dont elle est
tour à tour si dédaigneuse et si fière.

Notre arrivée à Signa fut quelque chose de
comique.

Quand Louise se déplace, il faut d'abord
qu'elle ait une escorte et surtout un nombre in-
calculable de colis. Je vois encore, et je verrai
toujours le train venant de Pise s'arrêter à Signa
et ma femme, avec sa suite, descendre du wagon. Le marquis d'Asnasch (qu'elle ne connaissait pas encore !) était venu au-devant d'elle. Je
descends aussi. Présentation rapide. Le train va
repartir. Je remercie en deux mots le marquis
de la gracieuse hospitalité qu'il veut bien offrir
à ma femme. Je ne manquerai pas, du reste, dès
le lendemain, d'aller saluer Mme la marquise
d'Asnasch. Je remonte dans mon wagon, la portière se referme et j'attends... J'attends une minute, deux minutes, cinq minutes, le train ne

repart pas. D'habitude, le convoi s'arrête à Signa
juste pour marquer l'arrêt, puis il repart. Ma
femme et le marquis se sont éloignés ; j'aperçois
hors de la barrière qui sépare la voie de la place
de la gare, un fiacre de campagne attelé d'un
paisible quadrupède. C'est évidemment l'équipage avec lequel le marquis est venu attendre
ma femme et ses bagages. Ses bagages ! Je suis
soudain saisi d'un frisson. Ses bagages ! Grand
Dieu ! mais elle a dû les faire enregistrer tous
pour Signa. Alors, il doit se passer quelque
chose d'affreux...

Je mets la tête à la portière et je vois le chef
de train, sa trompette aux lèvres, qui, depuis
un moment, attend pour donner le signal du
départ. Il lève les bras au ciel et les laisse re-
tomber d'un air découragé. Hélas ! du fourgon
des bagages sortent les innombrables colis qui
accompagnent ma femme. Je risque un œil du
côté vers lequel elle s'est éloignée en compagnie
du marquis et je l'aperçois, très à l'aise, qui
cajole Buby et fait des grâces sous les yeux des
braves gens qui la regardent curieusement. Elle
ne prête aucune attention au marquis. Celui-ci,
immobile, la bouche à demi-ouverte, regarde
les malles en monceau extraites du fourgon des

bagages pour la voyageuse descendue du train à Signa, puis il tourne la tête vers sa petite voiture...

— Où va-t-on fourrer tout cela, grand Dieu! et pour combien de temps Mme Toselli vient-elle s'installer à Signa?...

J'étais joliment content d'être remonté dans mon compartiment et de faire dans mon coin celui qui ne sait rien et ne voit rien. Je n'aurais su où me mettre.

Je laissai passer la journée du lendemain pour permettre au marquis et à la marquise d'Asnasch de revenir d'un émoi bien compréhensible, et pour donner à ma femme le temps d'effacer par son amabilité, dont je ne doutais pas à leur égard, toute espèce d'impression désagréable. Arrivé à Signa, j'y reçus le plus gracieux accueil. La bonne éducation n'est que l'art de paraître au-dessus des misères de la vie.

Lorsque je fus un moment à l'écart avec ma femme, je ne pus m'empêcher de lui dire:

— Fais-moi le plaisir de convenir qu'il est insensé d'arriver dans une maison amie, sans crier gare! avec un enfant, une femme de chambre, une nurse et d'innombrables colis. Tu n'as pas l'intention, je pense, d'encombrer longuement des hôtes aussi aimables.

MONIGA,
Princesse Royale de Saxe, en 1907.

— Je resterai le temps que je voudrai.

Je n'avais qu'à hausser les épaules. En tout lieu, une scène entre époux est déplacée, à plus forte raison chez des gens qui vous reçoivent.

Louise resta trois semaines incrustée à Signa. « Incrustée » est une façon de dire. Elle y laissait Buby et les domestiques, mais, chaque jour, elle venait à Frorence et le plus souvent, sans que je sache qui elle allait voir, ni ce qu'elle faisait.

Cette situation, qui ne pouvait éternellement se prolonger, s'aggrava soudain à la suite d'une découverte qui me fut extrêmement pénible.

Je m'imposais, on le sait, par principe, de me mêler le moins possible des affaires d'argent de ma femme, surtout de celles dont la cause pouvait être antérieure à notre union. Depuis que nous étions mariés, j'observais cette ligne de conduite, versant à la communauté mes droits d'auteur et les honoraires des concerts que j'avais donnés et dont deux, au moins, avaient représenté une somme élevée. Je vivais sans engager aucune dépense personnelle, sans contracter un centime de dette chez qui que ce fut et où que ce fut. Je devais en même temps songer à remplir mon mandat de chef de

12

famille. L'apanage, c'était très joli, mais la suspension qui s'était déjà produite, les menaces constantes que rapportait l'avocat Leonida Mattaroli, tout permettait d'envisager une suppression complète. Or, nous avions un enfant, d'autres pouvaient venir, il fallait faire des économies. Quel homme, à ma place, n'eut pas souhaité d'administrer les ressources de la communauté? Mes parents et mes amis m'y encourageaient. Louise avait trouvé ce désir si naturel, qu'à la date du 10 juillet 1908, elle avait tenu à joindre l'administration de ses propres ressources aux miennes, dans les termes suivants (1):

10 juillet 1908.

Je laisse toutes mes affaires conclues avant et après mon mariage (25 septembre 1907) dans les mains de mon mari, Enrico Toselli. Dans tous les cas je l'autorise à faire absolument ce qu'il voudra sans aucune obligation de me demander soit mon conseil, soit mon consentement.

LOUISE TOSELLI.
Princesse de Toscane.

(1) En italien dans l'original.

Aux termes de ce pouvoir j'avais donc pour charge de vérifier les comptes dans la mesure du possible. Bien que ceci fut signé, je n'eus jamais en mains la mensualité que ma femme recevait de la Cour de Saxe. J'avais seulement en commun avec elle la clef de notre coffre à la Banque d'Italie, à Florence, où nous laissions en dépôt notre argent et nos bijoux.

L'argent est comme la langue, dont parle Esope : c'est la plus mauvaise ou la meilleure des choses, suivant l'emploi qu'on en fait. J'aurais voulu que jamais l'argent ne fit question entre ma femme et moi ; mais le sentiment de mes responsabilités me rappelait à mon devoir. Je tremblais enfin sans cesse de découvrir que la femme qui portait mon nom pouvait avoir contracté, à mon insu, quelque énorme dette.

J'avais de graves raisons d'être inquiet.

Pour expliquer mon état d'esprit, il est bon que je rapporte un fait qui justifiait mes préoccupations et qui s'était produit antérieurement.

Au moment où nous étions à Rapallo, j'eus l'occasion de faire exécuter à Bologne, en audition particulière, par le fameux quatuor bolonais, ma première suite de musique de chambre. En rentrant à Rapallo, je m'arrêtai à Florence, à l'hôtel de Rome avec Louise qui m'avait accompagné. J'eus besoin d'aller à la Banque d'Italie et, en ouvrant notre coffre, je constatai la disparition d'une paire de boucles d'oreilles en brillants, d'une grande valeur, que ma femme y avait déposée. Je lui téléphone. Elle me répond : « Je les ai ».

Le lendemain, avant de repartir pour Rapallo, repris d'un doute, je lui dis :

— Montre-moi donc tes brillants. Tu as des bijoux, il faut les porter.

Alors, Louise me glisse dans la main un petit papier rouge. Les bijoux de ma femme étaient engagés au Mont-de-Piété pour trois mille francs, à mon insu, afin de payer une traite de Rouff, le couturier parisien.

Je fus d'autant plus indigné que mes parents n'ont jamais refusé de nous prêter l'argent dont nous avons pu avoir besoin et quelquefois des sommes qui ont atteint jusqu'à près de quinze mille francs d'un coup.

Il est mesquin, dira-t-on, de rapporter de tels détails. On se trompe, car je parle ici sans fiel et sans courroux. Je suis obligé de me tenir dans la réalité, puisque je me suis promis d'éclairer mon prochain. A chaque ligne que

, écris, je pense à quelque artiste qui pourrait, comme moi, se retrouver en face d'une tentatrice et se laisser prendre. Le bonheur, la joie, l'estime, tout se perd dans les mains d'une femme sans ordre et sans respect de la vérité.

Louise était-elle lasse de mon contrôle? Avait-elle de plus lourdes fautes à me cacher? Toujours est-il que pendant qu'elle était à Signa, je lui dis :

— J'irai demain à la Banque voir où en est notre compte et comment vont nos affaires.

Elle ne sourcilla pas et m'embrassa.

— Oui, va, va à la banque, répondit-elle.

Je m'en vais le lendemain à la Banque d'Italie. J'entre et je vais au guichet où je présente mon livret et ma clef. L'employé me regarde et me dit avec embarras :

— Je ne peux pas vous laisser aller au coffre. Madame Toselli a retiré le pouvoir qu'elle vous avait donné.

En même temps, il me montrait une lettre de ma femme révoquant effectivement son autorisation du 10 juillet.

J'aurais reçu un soufflet en pleine figure devant cinq cents personnes que je n'aurais pas été plus humilié. Je pris copie de cette lettre, indigne que rien ne justifiait et je me rendis aussitôt chez l'avocat Orlando Giannotti. C'est une des plus hautes personnalités florentines et un maître du barreau italien consulté, à l'occasion, sur les questions de droit international, par tout ce qui compte en Italie. Il avait fait enregistrer notre mariage ; il avait été le conseil de ma femme autant que le mien. Le procédé de Louise le surprit jusqu'à l'écœurement.

Il me conseilla de lui demander une explication immédiate et eut la bonté de m'accompagner en voyant dans quel état de bouleversement m'avait mis l'affront que je venais d'essuyer. Peut-être craignait-il que je manquasse de patience. Nous traversions la place du Dôme quand j'aperçus ma femme, venue en ville. Je fis arrêter sa voiture, montai près de Louise et lui dis :

— Que t'ai-je fait ? Que signifie la manœuvre déshonorante pour moi dont tu t'es rendue coupable ? Que t'ai-je pris ? Que te dois-je ?...

Rouge, balbutiante, Louise finit par m'expliquer que pendant notre séjour à Rapallo, le *deus ex machinâ* de toute cette intrigue l'honorable avocat Leonida Mattaroli, était venu, un certain jour, pendant lequel je m'étais absenté

pour me rendre à Florence consulter le Professeur Grocco à propos d'une angine dont je souffrais. Il était arrivé comme par hasard... Et
c'est lui qui avait cru devoir conseiller à ma
femme de me retirer sa procuration.

L'avocat de la Cour de Saxe entendait sans
doute travailler ainsi à la paix de notre ménage.

Le soir même, Louise rétablit la procuration,
mais le coup n'en était pas moins porté et en
moi l'affront restait ineffaçable. Une idée allait
s'emparer de mon esprit: J'avais sauvé la face,
c'était bien; mais de tels procédés rendaient la
vie commune impossible et j'envisageais déjà
l'échéance fatale d'une rupture.

XXV

A VARALLO EN MÊME TEMPS QUE SON ALTESSE LA PRINCESSE MATHILDE DE SAXE, SŒUR DU ROI

Louise eut-elle quelques remords de ses mauvais agissements ? Toujours est-il qu'elle profita de ses voyages de Signa à Florence pour faire la paix avec mes parents.

Dès qu'ils la voyaient tendre et souriante, ils se reprenaient à être optimistes, et oubliaient en un moment leurs craintes et leurs griefs.

On nous reçut à déjeuner Via Lamarmora. Nous fûmes traités en enfants prodigues. Louise, très gracieuse, convint qu'elle était restée suffisamment chez le Marquis et la Marquise d'Asnasch ; mais elle ne voulut pas entendre parler de se réinstaller à Florence. Elle décida de partir pour Varallo, non loin du Lac Majeur et du Lac d'Orta, dans la montagne. C'est une ravissante petite ville d'une des plus belles régions du monde. Varallo, perle du Val Sesia, est dominée par une hauteur que l'on appelle le Sacro Monte. On y admire un calvaire de la fin du XVᵉ siècle. Chaque station est figurée par une chapelle où l'on voit des personnages en terre cuite, aussi grands que nature et les murs sont ornés de fresques de Gaudenzio Ferrari.

Je laissai ma femme prendre les devants et la rejoignis quatre jours plus tard au Splendid-Park-Hôtel; mais, je le confesse, je ne voyais plus les choses de la même façon. Je me sentais vieilli, l'avenir m'effrayait, j'étais plus irritable. Enfin, je souffrais continuellement et d'une manière sourde de me voir paralysé dans mon art. Je n'avais plus de goût à me mettre au piano, je n'avais plus d'idée quand je m'asseyais devant mon papier à musique. Mes parents m'avaient en vain stimulé. Leurs encouragements, leur insistance m'énervaient et je n'osais pas leur répondre : « J'expie déjà la faute que j'ai commise. »

On me disait souvent :

— Tu ne sais pas t'arranger, tu es tantôt trop faible, tantôt trop violent...

Il est facile de faire des reproches. Il faut avoir

vécu avec Louise de Toscane pour comprendre
mon cas. Elle m'échappait sans cesse au propre
et au figuré. Elle a un art incroyable de se
retourner dans la discussion et de vous reprocher ses propres torts. On n'en sort plus,
on n'en peut pas sortir. Elle change de ton,
de gestes, d'allure. On croit la tenir, elle s'es-
quive, elle va fuir... Pas du tout, elle revient
sur vous et vous prend pour vous abandonner
puis vous reprendre. C'est terrible !

Nous passâmes presque deux mois à Varallo.
Ces huit semaines furent orageuses. Rien n'était
réglé dans la vie de l'enfant. Il était sans cesse
abandonné à des mains mercenaires. Il lui fallait
des soins constants, un régime attentif, il n'avait
rien de tout cela. Quelle hygiène d'estomac
peut-on assurer à un petit être délicat, en allant
sans cesse d'hôtel en l'hôtel ? J'aurais préféré
vivre dans une roulotte de saltimbanques ; on
doit finir par s'y organiser. Nous nous fâchions
sans cesse à propos de Buby. Mes remarques,
mes reproches étaient accueillis avec des haus-
sements d'épaules de la part de Louise et des
ricanements plus ou moins contenus de la part
de la bonne allemande.

Se figure-t-on que l'on peut nourrir un enfant

par la force brutale? Deux fois par jour, mon pauvre Buby, âgé alors de quinze mois, devait, bon gré mal gré, à l'heure voulue, avaler un potage. Il protestait toujours. Alors on lui tenait la tête, les bras, les jambes et on lui pinçait le nez. L'enfant, ainsi paralysé, quasi torturé, criait comme un possédé et l'on en profitait pour lui faire avaler son potage. Devant les raisons de ma femme et la volonté de la fille de chambre, je ne pouvais rien faire. Je n'entendais rien à l'éducation des enfants... Buby devait s'habituer à obéir. Mais je voyais bien qu'avec ce système il ne prospérait pas et devenait insupportable. Mes parents ont tout obtenu de lui par la douceur. Qu'en aurait fait sa mère ? Aurait-il vécu ?

Le personnel de l'hôtel était indigné des procédés d'éducation auxquels était soumis mon malheureux Buby. Il se faisait une opinion singulière de la valeur éducative des nurses allemandes et de la sensibilité maternelle de la princesse de Toscane. Je ne décolérais pas à propos de l'enfant. J'en arrivais à me demander si la compagne de ma vie ne s'était pas froidement résolue à m'exaspérer. Quand je parlais de m'éloigner pour chercher le calme afin de travailler elle ne voulait rien entendre ; je l'abandonnais, je la détestais, je ne l'avais jamais aimée... Elle commençait une kyrielle de récriminations, et lorsqu'elle commence, il n'est pas facile de l'arrêter. Quand je restais près d'elle, j'étais sûr de n'entendre que des choses désagréables.

Louise se faisait un malin plaisir de vanter devant moi la suprématie des races germaniques sur les races latines et de traiter les Italiens avec un mépris insultant. Les Français, du reste, n'étaient pas plus haut cotés dans l'estime de ma femme. Elle mettait les uns et les autres dans le même sac. Je pouvais donc me considérer doublement injurié puisque je suis, par mon sang, Italien et Français.

Ce mois d'août 1909 m'a laissé un pénible souvenir, quoique passé pour la plus grande part dans un pays dont, à tout autre moment, j'aurais goûté le charme.

J'ai parlé d'une fille de chambre, d'origine allemande, à laquelle ma femme avait confié la princesse Monica. Elle avait conduit l'enfant à la Cour de Saxe. On ne l'avait pas gardée pour la raison, paraît-il, qu'elle était protestante. Cette fille était revenue près de la comtesse de Montignoso qui la reprit à son service, pour peu de temps du reste, et lui confia Buby. Sa présence à Varallo ne pouvait qu'envenimer les choses. Cette Allemande exécrait les Italiens et passait son temps à exciter sa maîtresse qui n'avait pas besoin d'être excitée.

Les gens qui ont des domestiques sont bien à plaindre et ceux qui n'en ont pas ne connaissent pas leur bonheur. Je tiens pour certain que dans les neuf dizièmes des mésententes entre époux, et des scandales dans les familles, le virus du mal qui vient tout ravager part de la cuisine et de l'office. Il semblerait que la nature veut se venger et punir l'être qui essaie d'échapper à la loi du travail personnel. Son existence sera empoisonnée par les secours mercenaires que sa fortune ou son rang lui assurent. Ah ! ces filles, ces Allemandes dont Louise de Toscane faisait ses confidentes, j'y pense encore avec horreur.

Fatiguée de Varallo au bout de trois semaines de villégiature, ma femme vint passer dix jours à Florence, chez mes parents, où nous fûmes gâtés. Tout alla passablement. Puis elle revint à Varallo. A peine y était-elle qu'elle voulut repartir brusquement sous prétexte d'un mal de dents qui l'obligeait à se faire soigner d'urgence.

Quoique je pusse dire, elle reprit le train pour Florence, emmenant Buby et l'ancienne nurse de la princesse Monica, retour de Saxe.

Il y a loin de Varallo à Florence, très loin, et Milan est sur la route, sans parler de Bologne et autres grandes villes. On trouve des dentistes à Milan et dans les autres cités italiennes. Pourquoi ma femme allait-elle à Florence? Je me le demandais encore lorsque j'appris que la princesse Mathilde de Saxe, sœur du Roi régnant et belle-sœur de ma femme venait d'arriver à Varallo.

Elle était dans le même hôtel que nous. La fuite de Louise et cette apparition subite de la princesse Mathilde de Saxe me donnèrent à réfléchir. Je n'eus l'air de rien, je ne changeai aucunement mes habitudes. Je pus constater seulement que la princesse et sa suite me regardaient comme une bête curieuse.

J'aperçus d'un coup d'œil, que je ne me permis pas de renouveler, une femme plutôt grande que petite, d'âge mûr, privée de tout avantage physique et habillée à Dresde par quelque couturière saxonne. J'entrevis de grands poils sur une figure brique et dans cette figure deux yeux aux aguets, mais sans malveillance et d'une expression plutôt douce. La princesse était accompagnée d'une dame d'honneur et d'un chambellan et chaque fois que j'entrais ou sortais de l'hôtel, j'étais sûr de constater qu'ils ne me perdaient pas de vue du plus loin qu'ils m'apercevaient jusqu'au moment où je disparaissais.

J'attendais que ma femme revint et je mettais à profit son absence pour essayer de travailler, puis, lorsque j'étais las, je prenais un fusil et j'allais à la chasse.

La princesse Mathilde de Saxe ne prolongea pas son séjour au Splendid-Park-Hôtel de Varallo. Elle disparut la veille au soir du jour où ma femme rentra. Je n'eus rien de plus pressé que de demander à Louise une explication sur le passage de sa belle-sœur à Varallo et l'étrange chassé-croisé qui venait de se produire entre elles. Ma femme eut l'air de tomber des nues.

— Comment ! Mathilde était à Varallo, là même où nous vivons ? Je n'en savais rien. Ce n'est pas possible ! Que signifie ce voyage ? Que me voulait la sœur du Roi ? Que cherchait-elle à savoir ? Qui essayait-elle de connaître ? Qu'est-ce qu'on machine encore ?

La colère de ma femme me paraissait factice,

son indignation simulée. Je me sentais dans une atmosphère de mensonge. Je n'ai jamais pu démêler ce qu'on avait cherché en celte circonstance. Je reste persuadé que la sœur du Roi de Saxe ne pouvait pas ignorer que nous élions à Varallo, avant d'y arriver. Aucun de nos déplacements, à cette époque, ne passait inaperçu, hélas! La Cour de Saxe voulait-elle se rendre compte *de visu* de ce que pouvaient représenter M. et Mᵐᵉ Toselli? Louise, avertie je ne sais comment, s'était-elle subitement dérobée? Etait-ce moi qui devais intéresser la Cour? Je suis encore à chercher le signification de celte rencontre. On reconnaîtra qu'elle fût tout au moins bizarre.

Tes enfants heureux qui t'aiment !

Luisa   *Enrico*

Photographie prise au temps de la
lune de miel et dédicacée à l'intention
de Madame TOSELLI mere, par ses
enfants.

XXVI

ENCORE VENISE...

Dans son désir de déplacement, Louise, fatiguée de Varallo, me demanda de partir pour Venise. C'était l'endroit qui pouvait le plus m'attirer. Nous y revînmes avec Buby et cette nurse qui m'inspirait toujours le contraire de la sympathie.

Nous allâmes cette fois sur le Canal Grande, à l'Hôtel Régina. La première semaine, tout se passa presque convenablement à cela près que Louise était nerveuse, boudeuse, agressive et disait de temps en temps des choses extraordinaires; mais enfin, nous étions à Venise. Je prenais mon mal en patience. Il me semblait que dans cette ville d'art, je pourrais me ressaisir et travailler. Ma femme allait, sortait, je ne disais rien. J'avais essayé d'abord de l'accompa-

13

gner; mais c'était à devenir fou. Elle entrait
dans un magasin et achetait les choses les plus
insolites et les plus coûteuses, pour le plaisir, je
crois, de s'entendre appeler « Princesse » par le
marchand. Mais que lui dire ? A quoi bon ?
Qu'elle fît ce qu'elle voudrait, pourvu que je
pûsse avoir la paix. Vaine concession ! Ne
s'était-elle pas mis en tête de me parler intermi-
nablement dès qu'elle rentrait, de son histoire
d'apanage.

— Je m'y attends, disait-elle. On va me supprimer mon apanage, tout au moins le réduire
à rien, me donner une bouchée de pain. Je sens
venir ce coup depuis deux mois...

Elle me regardait avec fureur comme si j'avais
été pour quelque chose dans les intentions de la
Cour de Saxe.

J'avais une violente envie de tout planter là,
de rentrer chez moi... L'idée de l'enfant me
retenait, sans parler du scandale et de la peine
de mes parents... et puis l'enchantement de
Venise opérait sur mon esprit. Des idées musicales chantaient en moi et j'avais la tête pleine
d'harmonie dans les moments où je pouvais
m'isoler.

Mais c'était trop d'être resté huit jours au

même endroit. Au début de notre deuxième semaine de Venise, Louise arrive en bombe dans ma chambre en s'écriant :

— Ce calme m'assomme ! Oh ! le silence de cette ville où l'on est dévoré de moustiques !... J'en ai assez des gondoles, des sérénades, du Canal Grande et des lagunes ! j'en ai assez ! Je veux rentrer à Florence.

Rentrer à Florence. Je n'avais rien à dire. C'était plus raisonnable que d'être à Venise. Je m'empressai d'acquiescer. On nous vit donc reparaître dans la capitale de la Toscane. Nous prîmes gîte alors à l'hôtel Helvetia. C'était à la fin de septembre 1909.

Depuis quelques semaines, Louise répétait toujours, sans se lasser :

— Tu verras qu'on va me réduire mon apanage ou me l'enlever.

Pourquoi cette crainte ? Qu'y avait-il de nouveau qui pût la justifier ? Qu'avait-elle appris ? Je n'en savais rien et je changeais de conversation tout de suite, fidèle à mon parti pris de fuir ce sujet autant que je le pouvais.

Le 1er, le 2, le 3, le 4 octobre se passent. Louise devenait de plus en plus nerveuse. Pas de nouvelles de sa rente mensuelle. Elle n'attendait

que cela pour quitter Florence, car l'argument
qu'elle pouvait opposer à la critique de ses déplacements perpétuels était, évidemment, qu'elle
y faisait face de son propre argent. Dès le 2 octobre, elle voulait partir pour Lugano. Il y avait
en effet longtemps qu'on ne l'avait pas vue au
bord du Lac Majeur! Le 5, elle piaffait sur place.
N'y tenant plus, elle téléphone à la Banque. Je
n'avais qu'à la laisser faire. On ne m'a jamais vu
à Florence, ni ailleurs, m'informer des rapports
financiers de ma femme avec la Cour de Saxe ou
ses intermédiaires. J'ai pu me soucier de con-
trôler les dépenses du ménage, mais nul ne peut
dire que j'aie fait quoi que ce soit qui, de près
ou de loin, eût pu être contraire à ma dignité
d'artiste, capable de gagner sa vie et celle de sa
famille.

La Banque lui ayant répondu qu'elle était sans
nouvelles de Dresde, Louise décida de se rendre
aussitôt chez l'avocat Mattaroli. Je crus de mon
devoir de l'accompagner, curieux de voir une
fois de plus à l'œuvre le subtil représentant de
la Cour de Saxe.

L'avocat nous accueillit de l'air le plus confit
en amitié qu'il soit possible d'imaginer et tout
de suite compatit à l'infortune de ma femme.

— Mais aussi, dit-il en me regardant avec une expression de douceur désolée, c'est votre faute.

— Comment, ma faute?

— Eh! oui, votre faute. Il faut bien que je vous le dise... Ne prenez pas cela en mauvaise part... Croyez que je suis le premier au regret de ce qui arrive. Je m'en doutais... Je voyais venir la nouvelle épreuve dont la Princesse va souffrir... Je tremblais... J'envisageais cette éventualité sans vouloir y croire...

— Enfin, interrompis-je, qu'avez-vous vu, qu'attendiez-vous? Parlez donc plus clairement. Qu'ai-je fait? Que me reprochez-vous?

— Moi, très cher maestro et ami, vous reprocher quelque chose! Loin de moi cette pensée. Je n'ai pour vous que des sentiments affectueux; mais vous êtes jeune, ce n'est pas un crime, et vous parlez...

— Sans doute. Qu'ai-je dit?

— Souvenez-vous... Mettez-vous la main sur la conscience... Remontez dans vos souvenirs. N'avez-vous pas quelquefois médit de Sa Majesté le Roi?

— Le Roi! Quel Roi? Notre Roi?

— Non... Le Roi de Saxe.

— Moi, médire du Roi de Saxe! Vous plaisan-

tez ! Pour quelle cause ? Je n'ai jamais eu
l'honneur d'être présenté à Sa Majesté et je suis
un inconnu pour Elle. En épousant la Princesse,
je n'ai pas épousé ses idées ni ses opinions. Elle
peut vous dire elle-même que lorsqu'il lui arrive
de parler de sa vie passée, je suis le premier à
détourner sa pensée de tout sujet de colère ou
d'excitation. Je n'oublie pas qu'elle est la mère
des enfants du Roi. Pour ses enfants et pour
elle-même, je serais le premier à blâmer des
propos blessants à l'égard du Roi de Saxe.

— Ah ! vraiment... En vérité !... Je suis heureux
d'entendre cela, répondit suavement M. Mattaroli. Je suis bien heureux, je suis aux anges. On
vous a calomnié... Qui ne calomnie-t-on pas
aujourd'hui ? soupira-t-il avec un regard d'amour
vers son plafond. Eh ! bien, poursuivit-il, je vais
faire l'impossible... Que ne ferais-je pour votre
Altesse, ajouta-t-il en plongeant du buste devant
ma femme, et pour vous, très cher maestro.
(Autre plongeon à mon égard). Je m'emploierai
de mon mieux à arranger les choses. Oh ! ce
sera difficile, très difficile, mais comptez sur
moi. Je vais partir pour Dresde. Je vais m'arracher à tout ce qui me retient à Florence, je vous
sacrifierai jusqu'à mon repos... Je pars.

En effet, l'avocat Mattaroli prit le train pour la
Saxe. En attendant qu'il revint, j'eus encore des
discussions avec ma femme au sujet de Buby.
Pour obliger Louise à faire des économies,
j'avais eu l'idée de lui conseiller de prendre une
assurance sur la tête de l'enfant afin de préparer son avenir. Je n'arrivais pas à la con-
vaincre.

Que fit l'avocat Mattaroli à Dresde ? Je n'en
sais rien. Toujours est-il que l'apanage fut
rendu. L'avocat étant de retour, nous fûmes
chez lui, qui nous avait convoqué pour une cérémonie qu'il avait préparée et qui est restée un
des épisodes les plus bouffons de nos quatre ans
de ménage et de tragi-comédie.

Nous allâmes le soir, à neuf heures et demie,
5 via Serumido, au domicile privé de l'avocat de
la Cour de Saxe. Passons sur ses discours et
arrivons au fait. Il avait préparé un acte de séparation amiable qu'il nous demanda de signer.
Quelle en était au juste la formule ? A quoi a
bien pu servir cette pièce dont je n'ai jamais
plus entendu parler ? Je l'ignore. Ce dont je suis
certain, c'est qu'après des pourparlers abondants,
nous signâmes le papier que nous présentait
l'avocat Mattaroli. En fait, Louise et moi n'y

attachions aucune espèce d'importance. Nous
ne prenions pas au sérieux les propos de
l'homme de loi. J'avais quant à moi la conviction
qu'il nous proposait une chose nulle en droit et
en fait. Cette pièce ne pouvait servir à rien. Ma
femme et moi nous en avons ri en sortant de
chez lui et nous sommes rentrés bras dessus
bras dessous à l'hôtel Helvetia, nullement séparés, — au contraire.

Quelques mois plus tard, l'avocat Mattaroli,
uni à l'avocat François Coselschi, a renouvelé
cette histoire de séparation amiable en profitant
d'un moment de trouble aigu dans notre
ménage. Nous avons encore signé ce qu'ils
demandaient et nous sommes rentrés chez nous
mari et femme, comme devant. Je n'ai pas
besoin de dire que le seul fait de notre cohabi-
tation persistante annulait tous ces actes de
comédie.

La première formule de séparation qui était à
la fois pour nous ténébreuse et puérile, me valut
deux ou trois jours de paix. Louise en était
amusée. Elle aime à mystifier. Mais ma tranquillité fut brève. Sa manie de déplacement
reprit le dessus et j'eus beau dire et beau faire,
elle partit pour Montreux. Elle avait renoncé

au Lac Majeur, elle préférait le lac de Genève.

Excédé, je lui dis :

— Pars sans moi. Je ne peux plus vivre comme je vis. Tu es en train de tuer le musicien que je suis. Tu ne le fais pas exprès, tu cèdes à ta nature ; je dois obéir à la mienne qui est de travailler et de ne pas oublier tout ce que je dois à mes parents et à mon art. Je vais rester dans ma famille. Je te rejoindrai un peu plus tard.

Elle consentit assez aimablement. Ma mère et moi nous l'accompagnâmes à la gare pour embrasser Buby jusqu'au dernier moment, et elle partit emmenant l'enfant et ses deux femmes allemandes.

— Enfin, songeais-je, je vais avoir un peu de tranquillité ; je ferai du bon travail.

J'avais esquissé quelques pièces de piano dont les thèmes me semblaient bien venus. J'étais pressé de les développer. Je me mis à l'œuvre dans la paix de la maison paternelle. Mais aussitôt que Louise fut à Montreux, je reçus d'elle lettres sur lettres et télégrammes sur télégrammes. Elle me donnait rendez-vous à Milan. J'y allai passer deux jours, puis elle reprit le train pour Montreux et je rentrai à Florence. Nouvelles lettres ; nouveaux rappels, nouvelles histoires ! Je me décidai à la rejoindre encore dans la capitale de la Lombardie. Mes parents et moi-même, nous étions inquiets de Buby. Nous avions essayé vainement de dissuader Louise d'aller s'installer en plein hiver (nous étions en novembre) au bord du lac de Genève, avec un enfant délicat et qui venait mal. Il changeait continuellement d'alimentation et de milieu, et se trouvait exposé à toutes les bouscu-lades et intempéries des voyages.

Buby a été la principale cause de nos disputes, et non la moins justifiée.

Je finis par pousser jusqu'à Montreux où je m'abstins de tout reproche et de toute viva-cité.

— Ma pauvre enfant, dis-je à Louise, tu n'as pas un jour de bonheur. Tu n'es bien nulle part. Notre fils est ici au froid, à l'humidité. Tu dépenses, pour vivre à l'hôtel, deux ou trois fois plus que pour vivre chez toi. Pourquoi ne pas essayer de nous fixer dans cette Toscane que tu aimes tant ? L'air est si pur, le panorama si splendide, à Fiesole, où nous avons vécu tous deux des heures inoubliables. Pourquoi ne nous fixerions-nous pas à Fiesole ?

Louise m'écoutait avec émotion.

— Tu as cent fois raison, dit-elle. Trouvons un abri à Fiesole... Oh ! Fiesole! Fiesole ! Je ne demande pas mieux que d'y vivre jusqu'à ma mort.

XXVII

DE MONTREUX A FIESOLE ACCALMIE

Ma mère avait eu l'obligence de chercher et
de trouver pour nous une installation raisonnable et pratique dans un des endroits les plus
agréables de la vieille cité étrusque qui domine
Florence et la plaine florentine. Elle avait retenu
conditionnellement pour nous la villa Paganucci. Il ne manquait plus que l'agrément de
Louise et le mien. Elle nous écrivait que nous
serions installés aussi commodément qu'il est
possible de l'être.

Nous laissâmes Buby à Montreux et nous
voilà, revenus à Florence, à l'Hôtel Helvetia,
d'où le lendemain matin, nous montâmes à
Fiesole.

Quels souvenirs ! Quel émoi en nous ! Il faisait
un temps de paradis. Louise était charmante et

j'étais plein d'espoir. Je reprenais force et courage, comme Antée, en foulant le sol de ma terre natale, terre d'amour et de rêve. Il me semblait que Fiesole allait faire ce miracle de calmer l'âme tourmentée de ma Louise.

C'était un matin d'hiver, froid et clair, très sec, très frais, très pur. La villa nous plut infiniment. Maison simple au bout d'une rue en pente, un voisin d'un seul côté, M. Corrado Corsi, honorable fonctionnaire de l'Administration des Postes à Florence, et sa femme, et M. et Mme Paganucci, propriétaires. De l'autre côté, un chemin pittoresque, puis des jardins en terrasses. En bas, dans la villa, les pièces de réception et les dépendances ménagères. Au premier, les chambres d'où l'on avait une vue sans pareille. Au dehors, tout le terrain nécessaire pour se promener sur un espace planté de treilles et d'ombrages. Partout des promesses de fruits et de fleurs. Que fallait-il de plus pour couler des jours heureux? Enfin, un prix modique. La vie n'est pas coûteuse à Fiesole. Je calculais déjà que ma femme pourrait économiser pour notre Buby et ses enfants à venir, la moitié de ses revenus et que mon art suffirait, et au-delà, à faire face aux frais de la vie commune.

Qu'il faut peu de chose pour que l'on se raccroche à l'espoir et comme, d'instinct, nous voulons repousser les réalités décevantes de la vie. J'avais tout oublié de mes ennuis passés, lorsque Louise partit pour Montreux chercher Buby et les domestiques allemandes.

Le 18 décembre, nous nous trouvâmes en famille, réinstallés à Fiesole. Ce fut notre second foyer après celui de la via Ferdinando Bartolommei. Enfin, nous étions chez nous ! Je me sentais optimiste, joyeux, léger.., Je pouvais travailler. Je travaillais.

Sous l'influence du ciel et du décor, Louise s'était mise à écrire. Elle composa un livret d'opéra « Le Chevalier de Saint-Graal, » une pièce en un acte dont j'allais faire la musique. Tout allait bien avec mes parents.

Noël venu, mon père et ma mère vinrent passer cette journée de fête familiale chez nous. Notre installation était au point et me plaisait. Ma mère trouvait tout très gentiment arrangé. Lorsque nous fûmes seuls tous deux, elle me dit :

— Enfin, tu touches au port. Après tant de secousses, Fiesole aura converti Louise à la sagesse, à la vraie vie.

Ma femme s'occupait de sa maison. A vrai dire, elle faisait encore des dépenses futiles et malheureuses, mais je fermais les yeux. Elle ne pouvait être parfaite en un instant. Il fallait lui faire crédit. Entrée dans la bonne voie, peu à peu, elle s'améliorerait.

Nous étions en janvier. Le livret de Louise s'achevait. Elle était toute au travail de la composition poétique. Nous discutions. Elle n'a pas le sentiment du vers tel que la composition musicale l'exige. On sait qu'il faut un raccourci, une condensation que le théâtre nécessite. Je lui expliquais les règles de l'art dramatique. De fil en aiguille, nous discutions parfois musique, et il advint que nous ne fûmes pas toujours d'accord parce qu'elle avait des théories subversives. Ainsi, j'ai le culte de la « *Damnation de Faust.* » Nous en étions arrivés, je ne sais comment, à parler de l'œuvre de Berlioz.

— C'est une mauvaise copie de Wagner, déclara-t-elle.

Cette hérésie me fit bondir et nous eûmes une scène à propos de la « *Damnation de Faust...* » On sait qu'il faut se garder de contredire la Comtesse de Montignoso. On doit accepter tout ce qu'elle dit comme vérité d'évangile.

On trouve aussi des gens qui déclarent que la
« *Divine Comédie* » est ennuyeuse. Il faut de
l'intelligence et de la culture pour comprendre
l'œuvre du Dante et les doctrines profondes
qu'elle contient. Il en faut aussi pour apprécier
à sa valeur l'œuvre d'un Berlioz.

J'ai bien compris que Louise était fermée à
l'entendement des véritables choses d'art et je
l'ai blessée en lui laissant voir mon opinion.

Les vers de son livret n'en étaient pas moins
terminés le 27 janvier 1910 et je me mis au travail de composition du « Chevalier de Saint-
Graal » pour achever mon œuvre le 23 mars
suivant. J'ai travaillé d'arrache-pied, tout d'une
haleine, en restant quelquefois une semaine
entière sans sortir.

Pendant que je m'attachais à cet espoir de
renaissance artistique, de rénovation de notre
foyer, d'orientation de notre vie, Louise sortait,
descendait dans Florence et, de plus en plus, y
prolongeait ses visites. Tant et si bien qu'un
beau soir, revenu à mes soucis d'antan, je
voulus savoir d'où elle venait, qui elle voyait,
ce qu'elle faisait.

Adieu les beaux jours ! Encore des scènes.
ous en eûmes bientôt de plus pénibles encore

qu'auparavant. Ah ! si n'avait été Buby, je serais parti à la première dureté inexcusable. Oh ! ce soir de la fin de mars 1910 où Louise de Toscane, ma femme, en qui j'avais mis toute ma confiance, pour laquelle j'avais arrêté ma carrière, sacrifié, à vrai dire, mes parents, mes amis, me cria :

— Est-ce que je t'empêche de travailler ? Quand je suis dehors toute la journée, composes. Je te laisse la maison, écris. Tu te plains, tu me cherches des querelles, tu veux savoir ce que je fais et qui je vois... Est-ce que je te reproche à toi, de ne rien faire et de vivre à mes dépens ?

La malheureuse ! Le matin même elle était tout sourire.

Il y a en elle ces deux Princesses de la fable ; celle qui n'ouvre la bouche que pour qu'il en sorte des fleurs et des pierreries et cette autre qui ne l'ouvre aussi que pour qu'il en sorte des crapauds et des couleuvres.

Je ne sais si ses heures me seront comptées quelque part, mais il m'a fallu me souvenir de ce que je devais à ma famille, à mes amis, à l'éducation que j'ai reçu pour ne me porter à aucune violence, ne pas faire du scandale et garder mon sang-froid. Dans sa fureur, Louise de Toscane évoquait brusquement devant moi tous les mauvais souvenirs de sa vie passée.

— Tu ne me dompteras pas. D'autres ne m'ont pas domptée... J'ai tenu bon, même à ma mère, disait-elle, et sache bien que lorsqu'on m'a offensée, je ne pardonne jamais, jamais.

Je ne dis pas tout.

A partir de ce moment, mes **yeux** restèrent ouverts. La tragédie entre nous commençait.

XXVIII

SOMBRE TRAME

Pendant que je travaillais à l'opéra dont ma femme avait fait le livret et jusqu'au jour où nous eûmes de nouveaux différends, Louise ne cessa d'être délicieuse à mon égard. Ce fut même sa bonne grâce de plus en plus voulue et enveloppante qui finit par m'inquiéter et amener un choc entre nous. Mais quoique je pusse supposer, tout en repoussant les craintes qui me hantaient, la réalité des faits ne répondait à rien de ce que j'imaginais dans le secret de mon âme. Il y avait une chose que je n'aurais pu concevoir.

Il faut que le lecteur sache que ma femme, selon les actes qu'elle imagine nécessaires à ses projets, change aisément d'avocat, car tous n'ont pas la même conception des lois et des devoirs professionnels qu'elles imposent aux hommes chargés de les interpréter. A propos de l'histoire dont je vais parler, M. Mattaroli, lui-même, lorsqu'il la connut, s'écria :

— Ce n'est certes pas Mattaroli qui aurait fait cela.

Ceci pour expliquer comment la Princesse, qui avait une foi aveugle en M. Mattaroli, s'adressa pour une besogne spéciale à un autre avocat, M. Francesco Coselschi. Ils combinèrent ensemble un acte qui a été réduit à néant par les preuves contraires et par les deux arrêts du Tribunal, rendus en ma faveur.

Le résultat de ce complot fut que les filles de chambre, assistées du sus-dit avocat Francesco Coselschi, firent, par devant notaire, dans l'appartement de Miss Hélène Zimmern, Piazza Santa Trinita, 6, une déclaration incroyable et infamante à mon égard.

Je supplie le lecteur de bien se pénétrer des circonstances :

Je suis chez moi, je travaille, j'ai un sujet auquel je tiens à m'attacher : une œuvre de ma femme. C'est mon suprême espoir. Je ne quitte ma table de composition que pour aller à mon piano et mon piano que pour aller à ma table de composition. Ma femme sort, abandonne la maison et rentre tard. Je me tais, je me contiens le plus possible. Je me réfugie dans mon labeur. Quand ma femme rentre, elle m'apporte des friandises, elle me cajole, elle m'embrasse, elle raconte les menus potins de Florence; elle s'efforce de créer autour de moi une atmosphère de confiance et d'affection. Or, en même temps — *en même temps!* — elle a envoyé ses deux domestiques personnels avec l'avocat Francesco Coselschi, déclarer par devant notaire que *je bats mon enfant, que je ne fais rien de mes dix doigts, que je traite ma femme de prostituée,* que je suis, en un mot, un être abominable.

Entendez, je vous prie, que cette sorte de témoignage peut avoir une certaine valeur en justice, au point de vue de la loi italienne, quoique les témoins ainsi requis et ayant énoncé des griefs contre moi, soient des salariés aux gages particuliers de ma femme.

Que la déclaration vaille peu ou prou, là n'est pas la question. C'est le procédé qu'il faut retenir, et c'est lui que je ne veux pas qualifier.

On ne saura jamais ce que j'ai souffert de ces choses-là. J'en ai été déchiré. La plaie, aujourd'hui, est cicatrisée; c'est tout au plus si j'ai encore dans la bouche une dernière trace de l'amertume du dégoût.

Nous touchions à la veille de Pâques, en avril, et j'étais à cent lieues d'imaginer les intrigues de ma femme, lorsqu'elle manifesta pour Fiseole et notre installation, une insurmontable horreur. Son engouement de notre nouveau foyer avait exactement duré quatre mois. Depuis sept ou huit semaines, elle ne pouvait plus s'y supporter. Ses sentiments nouveaux se faisaient jour avec les premiers feux du printemps. Ma patience était à bout, je m'insurgeai et la laissai partir, avec ses deux Allemandes et Buby, pour Rapallo. Elle revenait une fois encore à la Riviera.

Elle n'était pas à Rapallo depuis huit jours qu'elle m'écrivit de la rejoindre à Pise pour aller à Rome, en famille.

— A Rome !

J'en restai ahuri. Pourquoi aller à Rome, avec moi, avec notre enfant, avec ses deux fameuses femmes de chambre ! J'aurais compris, à la rigueur, un séjour dans la Ville Eternelle en observant un incognito rigoureux ; mais y aller en cortège pour être à coup sûr reconnus et faire un bruit désagréable au Vatican; cette idée me paraissait folle. L'avocat Mattaroli était le premier à dire à Louise combien sa présence à Rome pouvait lui nuire près de la Cour de Saxe, si pieuse et si respectueuse du Saint-Siège.

Je répondis à Louise de ne pas venir à Pise et que je partais pour la rejoindre à Rapallo. Qu'avait-elle encore imaginé ?

Je prends donc le train et j'arrive à Rapallo. Je suis vers cinq heures après midi à l'Hôtel Moderne où ma femme s'était installée.

— La Princesse de Toscane, s'il vous plaît ?

— Elle est partie, Monsieur.

— Comment ! elle est partie... Elle est sortie, voulez-vous dire. Elle va rentrer ?

— Elle est partie, Monsieur.

— Partie avec ses bagages, avec mon fils ?

— Oui, Monsieur.

— Partie pour quelle destination ?

— Pour Gênes.

Pour Gênes ! Il était question qu'elle allât à Rome et maintenant elle allait à Gênes. Elle fuyait Rapallo sans me prévenir. Où emmenait-elle Buby ?

Ahuri, je rencontre la Comtesse Skarzynska et la Baronne Strombeck et avec elles le pianiste

Slivinsky, aussi galant homme que grand artiste. Je m'informe de ma femme.

— Nous l'avons vue ce matin, dit la Comtesse Skarzynska, la Princesse était très gaie. Elle nous a dit qu'elle se rendait à Gênes, comme si c'était une chose entendue entre vous et elle.

Je devais avoir l'air démonté, atterré, car Slivinsky me prit par le bras en me disant :

— Voyons, ne vous frappez pas. On va s'informer. Il n'y a là-dedans rien de fâcheux.

Je rentre à l'hôtel, je m'installe au téléphone. On demande Gênes. J'appelle le « Bristol », j'appelle d'autres hôtels où ma femme aurait pu descendre. Rien. Personne n'a vu la Princesse de Toscane. J'étais de plus en plus écrasé. Je me persuadais que Louise était partie pour une destination inconnue et que je ne verrais plus jamais mon cher Buby.

La Comtesse Sharzynska, la Baronne Strombeck et M. Slivinsky eurent la bonté de ne pas m'abandonner à mes craintes. Avec une délicatesse, un empressement dont je leur serai reconnaissant toute ma vie, ils ne me laissèrent pas seul un instant, je dînai en leur compagnie. Je n'en pouvais plus. Je me suis laissé aller à des confidences. J'ai dit mes épreuves, mon déchirement. J'ai laissé voir mes rancœurs, et ce soir-là, j'ai raconté une de ces mille et une vilenie. que je supportais par amour pour mon fils. C'était une histoire de bague vraiment typiques

Quelques mois plus tôt, en octobre, quand ma femme avait cru que son apanage était suspendu, supprimé peut-être, et qu'après un voyage de l'avocat Mattaroli à Dresde, cet apanage lui fut continué, Louise m'avait dit :

— L'avocat Mattaroli s'est dérangé pour moi. Quoique conseil de la Cour de Saxe, il m'a fait comprendre que je devais m'acquitter envers lui. Je n'ai pas d'argent disponible. Comment vais-je me tirer de ce pas ?...

Il faut noter que lorsque la Comtesse de Montignoso émet des réflexions de ce genre, son plan est déjà arrêté dans sa tête. Ce jour-là, elle savait fort bien ce qu'elle voulait faire.

J'avais gardé précieusement la bague ornée d'un beau brillant, que la Reine Carola de Saxe avait donnée à ma femme qui m'en avait fait don à Londres, devant le Registrar, le jour de notre mariage, en échange de l'alliance que je lui avais passée au doigt, dans ma folie d'amour. Puis, par la suite, comme cette bague me gênait quand j'étais au piano, j'avais dit à Louise :

— Remets donc cette bague, si précieuse pour nous, dans notre cassette. Je la prendrai de temps en temps. Toi-même, à l'occasion, tu pourras la porter. Elle m'est très chère.

Le jour où l'avocat Mattaroli était revenu de Dresde, elle me demanda de l'accompagner chez lui pour le remercier de lui avoir fait rendre son apage et elle mit la bague à son doigt.

Elle avait insisté pour que je l'accompagne. Quelle idée avait-elle derrière la tête ? On va le voir.

Nous arrivons chez l'avocat. Ma femme parle du Roi de Saxe avec des airs de compassion dont le fond était ce qu'on peut penser. Elle avait une façon bien personnelle de remercier son premier mari, assez bon pour la pensionner. En fin de discours, elle tire de son doigt notre anneau ou, plutôt, mon anneau, la bague qu'elle m'avait donnée comme un gage sacré de notre union, gage auquel j'étais attaché et que j'avais, d'ailleurs, un jour, montré à l'avocat Mattaroli, dans le temps où je croyais à sa sympathie. Il connaissait fort bien cette bague, car, plusieurs fois, en riant, il m'avait dit qu'il me l'enviait. Ma femme la tire de son doigt, me regarde en souriant, se tourne vers l'avocat, encore plus souriante et, avec une audace incroyable, lui dit:

— Cher maître, permettez-moi de vous offrir ce brillant en reconnaissance du service que vous m'avez rendu.

L'avocat Leonida Mattaroli prit la bague et la mit à son doigt.

. . . .

En sortant de sa maison, j'étais comme hors d'état de parler. Je ne dit pas un mot à ma femme. Je crois que je suffoquais de fureur contenue. Mais je fis effort sur moi-même. Je voulus n'avoir rien vu, rien compris. J'aurais voulu nsuite oublier... Impossible! Dans une heure d'émotion et d'angoisse, cette histoire me remontait du cœur aux lèvres. Elle indigna mes auditeurs.

Ma femme avait d'excellentes raisons de savoir que l'avocat Mattaroli s'intéressait aux bijoux. Peu de temps après notre mariage elle m'avait avoué qu'avant notre union elle avait eu besoin de seize mille francs pour acquitter des dettes et que l'avocat Leonida Mattaroli les lui avait procurés contre la garantie d'un magnifique collier de perles, d'une grande valeur. Ce bijou venait d'une demi-sœur de

Louise, née du premier mariage du Grand Duc
de Toscane, son père. Cette histoire m'avait, à
la vérité, ahuri ; mais ce n'était rien encore.
L'appétit vient en mangeant et, mise en goût.
Louise, toujours par la même voie, en arriva à
emprunter la somme de quarante trois mille
francs. Comme elle éprouvait, un peu plus tard,
d'autres difficultés financières, elle dut engager
les quelques bijoux qui lui restaient à la Banque
du Piccolo Credito. On lui en donna quatorze
mille francs ; mais au bout de quelques mois,
on la prévint que si elle ne les retirait pas, ils
seraient vendus... J'avais déjà épuisé et mes
gains de concerts et ce que j'avais rapporté de
ma tournée en Amérique. Je perdais la tête
devant de tels embarras. Jamais je ne m'étais
trouvé dans un pareil guêpier. Chez mes parents,
je n'ai jamais vu aucun embarras d'argent. Je
ne savais que faire. Je tenais absolument à
sauver les bijoux de ma femme. Louise s'adressa
à diverses personnes qui refusèrent toute espèce
de prêt en enveloppant leur refus de grâces et
d'excuses. Je me décidai à faire part de la situation à ma mère. Elle me vit tellement affecté
qu'elle engagea sur le champ des titres et les
bijoux furent retirés.

Cette histoire de pierreries me remet en l'esprit une réponse de ma femme que je ne pourrai oublier de ma vie et que je n'ai même pas relevée lorsqu'elle s'est produite. Ceci était à la fin de notre vie commune. On m'excusera d'anticiper :

Le 16 octobre 1911, j'accompagnais Louise à la Banque d'Italie. Elle quittait Florence pour s'installer à l'étranger, et, pour retirer ses bijoux du coffre de la banque, ma signature était nécessaire. Nous descendons aux caisses. Elle reçoit son coffret. Elle prend les joyaux, les admire avec complaisance et me dit :

— Ces bijoux sont tous pour mes enfants de Saxe.

Alors moi, simplement, j'observe :

— Quoi ! tu ne destines même pas un souvenir à notre Buby chéri ?

Alors, Louise, soudain hautaine et dure :

— L'enfant d'un bourgeois n'a pas besoin des bijoux d'une Princesse Impériale et Royale.

Ainsi à cette minute, — et à beaucoup d'autres — le sentiment maternel dont elle se plaît si volontiers à se parer, n'a pas été assez fort pour lui faire oublier que l'enfant du bourgeois est un fils de l'amour qu'elle a mis au monde.

Bref, pour revenir au collier de perles et pour

en finir avec lui, je dirai qu'il fut vendu cent mille francs à des marchands de Vienne, dans l'appartement privé de l'avocat Leonida Mattaroli, via Serumido. La somme prêtée par ma mère lui fut remboursée. Cette vente n'était pas une opération brillante, tant s'en faut. Il y avait eu une offre de cent vingt mille francs de la part d'une étrangère vivant à Rome; mais on ne put traiter parce qu'il fut impossible, même avec toutes les garanties imaginables, d'avoir en mains le collier une seule minute.

Tout payé, il restait quarante-deux mille francs que Louise me donna pour l'enfant, somme intacte, aujourd'hui augmentée des intérêts et de la plus value des titres, dont je reste et resterai comptable vis-à-vis de mon fils. Je dois dire que Louise a plusieurs fois manifesté le désir de reprendre cette somme. J'ai tenu bon. De là les fameuses discussions d'intérêts dont on a parlé et que l'on m'a reprochées.

Je ne sais plus si j'ai raconté aussi cette histoire du collier dans mes heures de détresse à Rapallo. Je me souviens seulement que tandis que je parlais, dans la salle du restaurant où nous dînions, j'entendais l'orchestre jouer ma sérénade... La vie a d'étranges ironies.

Je suis rentré à Florence torturé par l'angoisse
de savoir où Louise avait pu aller. Que faire?
Où la chercher? J'espérais trouver à Fiesole ou
chez mes parents quelque dépêche, quelque
explication. De la gare à la via Lamarmora, je
ne fis qu'un saut. Pas de nouvelles. Alors je
téléphone chez nous à Fiesole. Il y avait un
télégramme. On me l'apporte au bout d'une
demi-heure. Je l'ouvre et je lis ces simples mots :
« Partie pour l'étranger. Louise ». Je sentis le
plancher s'enfoncer sous moi et je m'affaissai
dans les bras de ma mère. Cette faiblesse fut
courte. Je me ressaisis et sans vouloir rien
attendre je me précipitai chez l'avocat Mattaroli.
Il me parut avoir beaucoup de peine à cacher
un contentement intérieur, mais il fut très
aimable. Il ne savait rien, il regrettait, il était
au désespoir. Je vis que je perdais mon temps
et me rendis chez l'autre avocat qui connaissait
ma femme, M. Coselschi, dont j'ignorais encore
la participation à la déclaration notariée des
deux filles allemandes. Celui-ci, comme s'il
avait voulu me dépister, me déclara qu'elle était
à Dresde.

— A Dresde !... mais c'est fou ! c'est stupide !
A Dresde, chez le Roi de Saxe, avec mon enfant !

Je sors, ne me possédant plus. Des amis m'attendaient dans la rue. On me ramène chez mes parents. Le docteur Franchini Stappo est appelé pour me donner des soins. J'étais dans un état nerveux et convulsif qui effrayait tout mon entourage. On me fit mettre au lit. Le lendemain, j'étais atteint de fièvre et dévoré par une éruption cutanée qui rendait mon corps entièremment rouge. Je ne prenais part à rien de ce qui se passait autour de moi. J'étais dans une espèce d'hypocondrie. Enfin, au bout de huit jours, — nous étions en avril 1910 — m'arrive une lettre de Montreux. C'était Louise qui donnait signe de vie. Elle m'écrivait qu'elle n'avait *jamais eu l'intention de me quitter*. Sa lettre était tendre et contenait des détails optimistes sur Buby. Quant à l'explication de sa fugue, pas un mot !

Je suis parti le jour même, remis d'aplomb tout d'un coup et j'arrivai le lendemain matin à Montreux, au Palace Hôtel.

Deux idées me poussaient : d'abord me rapprocher de Buby, ensuite avoir avec ma femme une explication décisive.

Louise m'ouvrit elle-même. Je la surprenais au saut du lit. Elle se jeta dans mes bras en

Buby et ses parents.

pleurant et fut pathétique et amoureuse. Elle se repentait de tout. Elle regrettait tout. Elle avait cédé à une impulsion soudaine et à de mauvais conseils.

Elle parlait, elle parlait, je ne pouvais pas placer un mot, et il fallait bien pourtant qu'elle m'entendît. Le scandale était public. Sa fuite occupait les journaux. Qu'était-elle devant l'opinion et qu'étais-je moi-même? Sa réputation se trouvait une fois de plus compromise. La mienne, jusqu'ici sans tache, était éclaboussée. Enfin, comment avait-elle pu songer à se rendre avec son enfant à la cour de Saxe?

— Moi, disait-elle, moi... mais je n'ai rien fait, je ne sais rien. Je n'ai pensé à rien. Qui t'a raconté que je voulais emmener Buby en Saxe?

— L'avocat Coselschi.

— Ce n'est pas possible. Je vais télégraphier à l'avocat. Je blâme, je démens tout cela. C'est odieux!

Effectivement, elle envoya un télégramme de réprobation à M. Coselschi, puis me jura qu'elle n'avait aucun grief contre moi. Tous les torts étaient à elle, de son propre aveu.

Je passai trois jours à Montreux. Buby était ma consolation et je restais le plus possible avec

15

lui ne sachant que faire, quel parti prendre, secoué comme sur un bateau en pleine tempête.

Pour ajouter à mes angoisses, l'enfant tomba malade. Il venait de Rapallo où la température moyenne était de 20° de chaleur. Sa mère, brusquement, l'avait transporté à Montreux où il gelait la nuit. Il attrapa une bronchite.

Ah ! quelle éducatrice et quelle mère, la malheureuse Louise de Toscane !

Cependant les journaux me prenaient à partie, et surtout les journaux où je savais que ma femme avait des amitiés ou des relations. J'aurais pu répondre, j'aurais pu même dire à Louise que je voyais clair dans son jeu. Je n'ai rien dit ni aux autres, ni à elle-même. J'ai eu pitié tant que j'ai pu de la mère de mon enfant, mais elle m'a mis dans la dure et douloureuse nécessité de me défendre ici.

Je quittai Montreux pour aller à Florence. Mes parents étaient malades à leur tour. Le scandale de la fuite de Louise et de nos disputes les éprouvait cruellement.

XXIX

EN PLEIN DRAME

J'ai déjà parlé d'un deuxième acte de sépara-tion signé par devant les avocats Mattaroli et Coselschi. Cet acte devait rester secret, selon nos communs désirs. Or, pendant que ma femme avait fui à Montreux, l'avocat Coselschi fit confidence des conditions convenues entre ma femme et moi au premier journaliste qui se présenta chez lui...

J'étais rentré à Fiesole tout en allant voir mes parents dès le matin, chaque jour. Moins d'une semaine plus tard. Louise arrivait avec Buby que le médecin n'avait pas laissé transporter plus tôt.

— Quelle était notre existence à la villa Paga-nucci ? Je voudrais ne pas m'en souvenir. Je vois encore les faces hostiles et barrées des deux femmes allemandes, l'expression de leurs yeux quand je prenais dans mes bras mon enfant. Je vois la mère énigmatique, changeante, insaisissable, incompréhensible, et dans son regard tout ce qu'elle essayait de dissimuler.

C'est alors que j'appris la déclaration des deux domestiques par devant notaire. Je me trouvais en ville. Un véritable ami me raconte cette inconcevable histoire qu'il a découverte par hasard. Je m'informe, je vérifie le fait... J'étais dans un état de colère que j'avoue et qu'on excusera. Je voulais douter, mais tout était vrai, parfaitement vrai. Je rentre à Fiesole. J'avais eu le temps de me ressaisir. Je fais venir les deux femmes. Je leur déclare que je vais recourir au Procureur du Roi et les poursuivre pour diffamation. Louise était présente. Ma femme et ses deux acolytes me firent pitié. Elles n'avaient plus l'air que de coupables prises sur le fait. Elles me supplient, elles retireront leurs calomnies, elles feront un acte devant le notaire Vantini, pour annuler ce qui a été dit dans une heure d'égarement : Je suis homme, je suis bon, je dois pardonner... On me secoue, on m'inonde de larmes. Louise, restée avec moi, se montre douce, enjoleuse, éloquente. Je me laisse désarmer, d'autant plus que si les racontars de l'acte avaient eu la moindre base de vérité, ma femme n'aurait pas repris sa vie avec moi pendant encore dix-huit mois.

Bientôt, en mai 1910, j'eus l'intuition qu'une nouvelle catastrophe menaçait notre foyer. Ma femme était de plus en plus changée. Je n'étais plus en face de la même personne. J'eus des doutes... Je lui en fis part. Je formulai des observations. Alors, enveloppante, tendre, elle me traita avec bonté se disant heureuse et fière de ma jalousie qui lui prouvait mon immense amour, et, pour bien m'assurer de sa fidélité, elle me dit dans un redoublement de passion qu'elle voulait faire une course à Rome avec moi seul et que là, sous l'influence d'une nouvelle lune de miel, nous serions heureux.

J'acceptai en pensant que ce tête à tête de huit jours me permettrait de mieux voir clair dans l'âme de ma femme, ainsi que dans la situation qui nous était faite à l'un et à l'autre et de décider le parti que je devais prendre.

Nous sommes descendus à Rome à l'Hôtel Marini, sans donner notre vrai nom. Nous étions de plus en plus obligés de nous dissimuler, car lorsqu'on nous découvrait hors de Florence, où on était habitué à nous, nous étions des personnages sensationnels.

Nous sommes restés une semaine à Rome, en simples touristes. Une des personnalités des plus considérables de la capitale italienne, mon cousin, M. Charles Gamond, ancien Directeur général des Postes, Commandeur de la Légion d'honneur, fut pour nous un cicerone charmant et érudit. La visite du Vatican inspira à ma femme ses ordinaires attaques et appréciations violentes par lesquelles elle témoignait de sa haine pour tout ce qui est religieux. Elle ne s'y abandonna, heureusement, qu'en sourdine.

Quand nous rentrâmes à Fiesole, je m'étais arrêté à un parti, prélude à d'autres plus décisifs : celui de renvoyer celle des femmes allemandes, dont l'influence sur Buby ne répondait pas à ma conception. C'était toujours une ennemie de moins dans la maison.

Nous étions rentrés depuis peu de jours lorsque nous rencontrâmes l'avocat Orlando Giannotti. Nous le priâmes de venir le lendemain soir dîner avec nous. A l'heure convenue, il arrive. Louise, descendue en ville, ne rentrait pas... Nous attendons... Comme sœur Anne, nous ne voyons rien venir. Après deux heures d'attente, neuf heures sonnant, nous nous mettons à table. Nous comprenions que Louise faisait encore des siennes. L'idée d'un malheur, d'un accident, ne nous venait pas à l'esprit. Mes parents, et moi-même nous aurions été avertis sans retard. Nous dînons donc, mon cher convive et moi. M. Orlando Giannotti rentre en ville et je me mets au lit, veuf...

Ma femme était allée à Signa chez le Marquis et la Marquise d'Asnasch. Cette fugue dura trois jours. Au retour de Louise, larmes, protestations, regrets, dont je ne fus pas dupe.

Il va sans dire qu'au milieu de toutes ces tempêtes, mon travail ne pouvait être fructueux. Ces exercices quotidiens que la virtuosité exige, je les faisais machinalement. Ces heures délicieuses que l'on passe à jouer de mémoire les pages que l'on sait par cœur des maîtres les plus admirables, je ne les connaissais plus. Qu'étais-je ? Que devenais-je? Je n'avais plus un seul concert en perspective. J'étais littéralement une épave. Je me sentais enlizé, perdu, et tous les jours je remettais de m'arracher au bourbier. Quand je parlais de rompre, deux bras me prenaient par le cou pour me retenir.

Je crois que Louise se plaisait dans le scandale de notre existence et dans la colère que nous avions l'un contre l'autre et qui cédait quelquefois à la passion d'un amour par instants ravivé. Cette haine, grandissante en nos cœurs, ajoutait je ne sais quel goût amer et fort à nos baisers, à nos étreintes. Je n'ai pas compris cela tout de suite, mais depuis j'ai réfléchi, j'ai ressassé tous ces jours. Quand l'esprit, quand le cœur veulent s'affranchir, il y a encore en nous quelque chose de l'animal qui a ses habitudes, qui a ses instincts, et ce quelque chose retient, enchaîne, retarde : On est lâche avec son corps.

Louise, réduite à une seule de ses femmes allemandes, partit en juillet avec Buby pour Flims, en Suisse, non loin de Zurich, d'où était originaire sa suivante préférée la Hürlimann. Je la rejoignis une dizaine de jours plus tard. Je la trouvai seule avec Buby et des domestiques d'hôtel. Elle avait permis à sa femme de chambre d'aller se reposer quelques jours dans sa famille. C'était pour être agréable à cette camériste qu'elle s'était transportée dans ce pays froid où l'enfant tomba malade. immédiatement, Il dépérissait si visiblement qu'à la mi-août, Louise réintégra Fiesole, qui l'attirait malgré les fortes chaleurs.

XXX

La vie de famille devenait de plus en plus malaisée et pénible entre ma femme et moi. A propos de rien, Louise invectivait les Italiens. J'avais tort de répliquer en ne ménageant point les Allemands. C'était absurde, mais quand tout se gâte dans un ménage, on tombe aisément dans la stupidité. La colère abêtit.

Cette fin d'année 1910 fut lamentable à Fiesole. Nous eûmes seulement une accalmie de quelques jours dont je reste reconnaissant à l'illustre chirurgien, le professeur Nicolas Giannettasio, directeur à Florence de l'hôpital Amerigo Vespucci.

Louise étant allée visiter une maison de santé, du côté de San Gervasio, petite colline de la banlieue de Florence, avait eu l'occasion de rencon-

trer le savant professeur Giannettasio. Curieuse
d'assister à une opération et désirant en même
temps montrer ses connaissances de dame de
charité, elle avait manifesté des goûts chirurgi-
caux devant le Docteur qui fit sous ses yeux diverses opérations. A l'issue de ces opérations, il
eut l'amabilité de prier la princesse et moi-même
à une partie de chasse en pleine Maremma, du
côté de Grosseto, dans les anciens Etats pontifi-
caux, à une journée de Florence en automobile.

Ce district, autrefois, était infesté de brigands.
C'est aujourd'hui un pays merveilleusement gi-
boyeux. Nous partîmes dans la voiture du professeur Giannettasio. Louise s'était équipée en
chasseresse. Nous avions un chien, des fusils,
des cartouches. La campagne avait la beauté
languissante de l'automne. La nature resplendissait d'un vert éclatant qui caressait les yeux;
le regard éprouvait une jouissance matérielle à
contempler des sites et des tons incomparables.
Nous fîmes un déjeuner succulent à Poggibonsi.
Nous remontâmes en auto et nous suivîmes une
route en lacets jusqu'à Rocca Strada où nous
fûmes au coucher du soleil. Alors nous domi-
nions la mer Méditerranée, qui, tout au loin,
s'étalait en nappe bleue, après des étendues de

près, de bois et de marais, où tous les verts que
l'œil peut saisir vibraient harmonieusement fon-
dus. Grosseto et ses vieilles demeures étaient près
de nous en teintes grises, coiffées de rouge. Toute
la ville s'enveloppait de la pourpre du couchant
qui se reflétait jusqu'aux extrêmes limites de l'ho-
rizon sur la mer, dont l'immensité bleuâtre et
cuivrée semblait aboutir à un mur flamboyant.
Nous passions au travers d'innombrables trou-
peaux de moutons. En entrant dans Grosseto,
son dôme vénérable arrêta notre attention. C'est
une des reliques de l'art religieux italien.

Depuis le début de la journée, Louise n'était
plus la même femme. Le charme de la nature
agissait sur elle. Tant de beauté la transformait.
Elle souriait naturellement. Elle parlait délicieu-
sement. Si je n'avais pas été habitué à ces changements soudains, je ne l'aurais pas reconnue.
Je me disais cependant :

— Est-ce bien la même créature que celle d'hier
et de ces jours derniers?

Et quelque chose en moi ajoutait : « Et que
celle de demain?

Après une nuit passée à l'hôtel, à Grosseto,
nous repartîmes en automobile, au cours de la
matinée suivante, pour Capalbio.

Non loin de Capalbio, se dresse sur la mer, le Monte Argentaria dans toute son imposante splendeur. Nous venions de passer à Orbetello. Nous approchions de la fin de notre voyage, lorsqu'une panne nous fit laisser l'automobile au milieu des bois et des marais. Nous n'étions plus qu'à deux kilomètres de la maison de chasse. Nous partîmes, l'arme en main, laissant le mécanicien réparer sa machine. Tout de suite, nous fûmes entourés de ramiers par centaines, d'alouettes par milliers. Il y avait aussi nombre de faucons.

L'habitation du garde était près d'un lac rempli de poules d'eau et d'autres oiseaux aquatiques. J'aperçus des barques ; la mer n'était séparée du lac que par une étroite langue de terre.

Louise montrait une gaieté d'enfant, courant, sautant, chantant, tapant dans ses mains. Le déjeuner que nous fîmes dans la maison du garde, défendue de l'invasion des moustiques par un treillage, fut un déjeuner joyeux. La rusticité des mets et du décor enthousiasmait ma femme. Elle aurait toujours voulu vivre là. Elle vantait lyriquement la liberté, le charme d'une existence simple. Après déjeuner nous partîmes à travers le terrain de chasse que traverse la voie ferrée qui mène à Rome. Louise fit un grand massacre d'alouettes. Elle les abattait en chasseresse exercée. Nous allâmes ensuite en barque sur le lac et nous fîmes une hécatombe de poules d'eau.

Nous avons passé une semaine dans la Maremma en excursions et en chasses. En excursions, nous étions à cheval, allant dans la montagne, de merveille en merveille.

Le professeur Giannettasio nous comblait d'égards, et quelle bonté! Partout où nous passions dans les villages, dans ce pays où tout le monde l'admire et le vénère, on l'accablait de demandes de consultations. Il y répondait avec une inaltérable bonne grâce, et les plus pauvres recevaient des marques de son inépuisable générosité. Nous vivions dans une atmosphère de pittoresque et d'altruisme dont ma femme, dès le début, avait semblé se délecter... Mais au bout de trois jours, elle voulait déjà partir.

Cette semaine charmante et inoubliable pour moi, ne s'est que trop vite écoulée. Nous sommes revenus en passant devant l'Abberese, propriété qui fut autrefois un bien du grand duc de Toscane et qui appartient encore aujourd'hui au fonds de la famille Impériale d'Autriche.

Louise ne s'était-elle pas imaginée de demander la permission de chasser sur les terres de cet important domaine! Je m'y étais opposé. Elle avait écrit quand même. Sa lettre n'eut d'autre conséquence que de lui attirer une fin de non recevoir de la part du régisseur du domaine impérial. On lui dit que pour être autorisée, il fallait qu'elle écrivit à un de ses frères, à Vienne...

En revenant, nous eûmes une panne en pleine nuit et au milieu des champs. Nous ne savior où aller. Nous étions à Frosini, près du château du marpuis Hippolyte Niccolini. Le professeur Giannettasio nous y introduisit, et grâce à sa personnalité, nous y reçûmes la plus princière hospitalité.

J'ai constaté, une fois de plus, combien il ne tenait qu'à ma femme de faire tout oublier de ce qui est à souhaiter qu'on oublie dans sa vie et de trouver le plus sympathique accueil dans la meilleure société italienne. La marquise Niccolini remplit ses devoirs de maîtresse de maison vis-à-vis de nous avec une distinction, une bonté, un charme dont je ne saurais trop, quant à moi, lui rester reconnaissant. Nous couchâmes au château et nous repartîmes le lendemain matin. Nous étions le soir à Fiesole. Nous rapportions quelques échantillons de notre chasse et, notamment, une brochette de trois cents alouettes.

Je me suis un peu étendu sur ces heures de plaisir. Elles furent si rares dans mes quatre ans de « vie princière ».

XXXI

HISTOIRE DE « L'HISTOIRE DE MA VIE »

Nous voici en février 1911. On se souvient peut-être d'un journaliste Français, M. Lequeux, dont j'ai parlé au moment de notre mariage à Londres. Nous reçûmes de lui, à Fiesole, une lettre où il proposait à ma femme d'écrire un livre, de publier des Mémoires.

La proposition était assez vague et je fus d'avis de ne lui répondre qu'en déclinant son offre. Il était disposé à venir nous voir. C'était un dérangement que je jugeais superflu. Louise ne fut pas de mon avis. Elle ne tint aucun compte de mon opinion. Quelques jours après, M. Lequeux débarquait à Fiesole. Il apportait un contrat de l'éditeur Nash offrant à ma femme vingt-cinq pour cent sur les bénéfices de la publication de ces Mémoires, et une somme de dix mille francs.

Fiesole 19.. Ottobre 19..

Al suo Caro Enrico !

Luisa

LA MIA STORIA

Dès que je fus à l'écart avec Louise qui avait écouté cette proposition d'un air visiblement intéressé, j'essayai de l'arrêter dans la route sur laquelle elle s'engageait.

— Qu'est-ce que tu veux faire, dis-je. Te mettre en évidence pour te défendre quand personne ne t'attaque, c'est une folie ! As-tu envisagé à quoi tu t'exposes? Ecrire ta vie ! Mais c'est un travail que tu ne saurais entreprendre sans remuer de pénibles souvenirs, sans offenser la Cour de Saxe, et sans faire autour de ta famille et de tes enfants un bruit pénible. Tu dis toi-même que tu as recommencé ta vie. Ton existence est toute nouvelle.

— Justement.

— Comment justement ?

— Je ne suis plus qu'une mère !... Je ferai un livre pour les mères. Je ménagerai ce qu'il faut ménager, mais je veux montrer tout ce que mon cœur contient d'amour maternel.

Elle entreprit de développer son thème et m'étourdit d'une conception de volume destiné à lui gagner toutes les sympathies féminines par les trésors de vertus, d'affection familiale que l'on y trouverait,

Je ne m'en laissai pas imposer, mais j'eus beau

16

dire et beau faire pour lui démontrer qu'il était impossible, absolument impossible de publier quoi que ce soit de son histoire sans commettre une irréparable faute, sans toucher à des plaies vives, sans se blesser elle-même, sans m'atteindre, sans frapper aussi son dernier enfant. Rien n'y fit.

J'ai lutté tant que j'ai pu tout en ménageant M. Lequeux, dont le caractère mérite de la sympathie. Sa mission était toute naturelle. Mais il était naturel aussi de ne pas faire ce qu'il souhaitait.

J'ai raisonné jusqu'à Livourne où j'ai accompagné ma femme, décidée à se rendre chez le Consul d'Angleterre, M. Carmichael, en compagnie de M. Lequeux, pour y signer un contrat en règle liant Louise de Toscane à l'éditeur Nash. Jusqu'à la dernière minute, j'espérais un revirement, un accroc. Mais le contrat fut fait sans difficulté aucune et Louise reçut la moitié de la somme garantie comme minimum des droits d'auteur. Elle revint donc à Fiesole avec l'obligation d'écrire un livre et cinq mille francs reçus pour cela.

Fière et charmée de ce gain, il lui prit la fantaisie de partir pour Rome pour y voir des amies, s'y reposer, s'y retremper avant de commencer le grand travail de « L'histoire de ma vie ». Elle me laissa Buby sur les bras, n'emmena pas même sa femme de chambre et alla passer huit jours dans la Ville Eternelle qui est à l'occasion aussi celle des amours passagères.

A son retour, nous eûmes l'explication classique des ruptures, les reproches que l'on se fait mutuellement, les duretés que l'on se dit face à face. A cause de Buby, je n'ai pas osé encore faire un éclat.

J'étais dans cet état là lorsque Mrs Ffoulkes, femme de lettres anglaise, débarqua en Toscane pour aider Louise dans la rédaction de l' « Histoire de ma vie ».

Mrs Ffoulkes, d'accord avec ma femme, son éminente collaboratrice, m'a fait l'honneur de s'occuper de moi longuement, quoiqu'elle m'ait connu fort peu de jours et qu'elle ait passé, dans toute sa vie, moins de trois semaines avec M. et Mme Enrico Toselli. Aussi, quand je pense à elle, je ne peux manquer de me souvenir de la gracieuseté des considérations qu'elle a émises à mon sujet, en novembre 1911 dans des articles de journaux qui témoignent de sa fertile imagination de romancière, car

il paraît que Mrs Ffoulkes est une femme de
lettres éminente et qui a signé d'illustres romans.
C'est du moins ce que me racontait Louise. A
l'entendre, le bas-bleu que lui dépêchait l'éditeur
Nash était le plus génial écrivain de l'époque.
Le Dante et Shakespeare auraient à peine pu
prétendre à l'honneur de délacer ses bottines.

Tout en faisant la part des exagérations habituelles à Louise, je n'avais aucune raison de faire
mauvais visage à Mrs Ffoulkes, encore qu'elle
vint travailler à un livre dont j'avais plus d'une
raison de m'inquiéter. Je n'allais pas d'ailleurs
choisir le moment où une étrangère arrivait
chez moi pour précipiter le dénouement d'une
situation dont je sentais bien que je ne pourrais
sortir que par quelque acte irréparable.

Je ne fis donc aucune observation quand ma
femme parla d'aller attendre elle-même Mrs
Ffoulkes à la gare de Florence. Une Princesse
Royale devait bien cet hommage à une Princesse
de lettres.

— Mais, demandai-je à Louise, as-tu la photographie de Mrs Ffoulkes? Il arrive beaucoup
d'Anglais et d'Anglaises à Florence, et, à première vue, ils se ressemblent tous. Comment
reconnaîtras-tu l'envoyée de l'éditeur?

— Elle aura un mouchoir rose à la main.

Je m'imaginais aussitôt Mrs Ffoulkes sous l'aspect angélique d'une pâle et blonde fille d'Albion, toute émaciée par les méditations spirituelles, semblable à un lis et balançant d'une main alanguie une soie vaporeuse, couleur d'aurore, devant un visage de chérubin.

Louise avait retenu, à Fiesole, pour cet archange, une chambre à l'hôtel Aurora. Je vis enfin paraître la suave et géniale créature annoncée, sous l'aspect d'une grande et forte femme au teint couperosé, l'œil dur et cerné, les lèvres minces, les cheveux teints, et précédée d'une poitrine près de laquelle les débordements du Nil ne sont qu'une pâle fantaisie du Créateur. Et moi qui croyais qu'en Angleterre... Après tout, c'était peut-être un monopole.

Mrs Ffoulkes portait avec agrément une cinquantaine de printemps, et, pour témoigner de sa solide jeunesse, était habillée en petite fille. J'ai connu d'elle, ensuite, une photographie qui la réprésente en Napolitaine. Les journaux d'Angleterre devraient publier cette image. Elle peut suffire à guérir tout un peuple du spleen.

Le sol accidenté de Fiesole ne parut pas venir tout de suite à Mrs Ffoulkes. Chaque fois que je la voyais, elle me faisait de la peine. Elle passait tout un moment à souffler avant de pouvoir exprimer sa pensée. Elle se servait pour cela de la langue française, ne sachant pas un mot d'italien. Et quel français, mon Dieu !

Je me suis demandé depuis comment Mrs Ffoulkes avait pu comprendre tout ce qu'elle a rapporté des opinions de mes compatriotes sur mon compte. Je ne l'ai jamais vue s'entretenir avec aucun d'eux, et pour cause ! Personne ne l'aurait comprise.

Dès le premier soir, au dîner, je tins à marquer devant la femme de lettres envoyée par l'éditeur Nash, que je n'avais pas l'intention de me mêler de ce qu'elle venait faire, et je dis :

— Je sais que vous devez travailler avec la Princesse, Madame. Je ne vous dérangerai pas. Je m'abstiendrai d'être à Fiesole tous les matins et partirai de bonne heure pour descendre à Florence. Je déjeûnerai chez mes parenls. Vous ne me reverrez que dans l'après-midi et le soir.

J'eus alors quinze jours de tranquillité relative et qui me permirent de prendre le parti que j'avais décidé de prendre : celui d'en finir avec une existence impossible. Le musicien avait sombré dans ce naufrage, l'amoureux n'était

plus, le mari ne pouvait plus être; restait
l'enfant. Il fallait le sauver. Je ne songeais qu'à
cela.

Cependant, ma femme s'enfermait à double
tour avec Mrs Ffoulkes. Elle parlait, l'autre grif-
fonnait. En deux semaines, le livre fut terminé.
On m'en donna la nouvelle sur le ton du
triomphe. Je n'en ai rien lu alors. Mrs Ffoulkes
l'avait rédigé, c'était donc en anglais et j'ignore
totalement l'anglais. J'ai voulu tout de même
poser quelques questions. Je me méfiais du livre
« fait pour les mères. »

— Tu verras, c'est magnifique ! répondit
Louise,

Mrs Ffoulkes baissait modestement les yeux.

Elle était au mieux avec ma femme. A peine
au bout de huit jours, on aurait dit qu'elles
étaient liées depuis l'enfance.

Nous n'étions pas en mauvais termes
Mrs Ffoulkes et moi. J'ai été le premier surpris
quand, par la suite, elle a cru servir la cause et
les intérêts de ma femme en m'accablant de ses
brocards.

Lorsqu'elle est partie, elle emportait des morceaux de musique que je lui avais donnés et
qu'elle me promettait de faire éditer en Angle-

terre. Elle crut même devoir offrir une superbe boîte de cigarettes à son hôte de la villa Paganucci. Nos rapports se sont continués un certain temps. Je lui ai écrit au moins une fois, un peu plus tard, à Pâques, pour lui souhaiter mille prospérités, selon la coutume italienne.

J'aurais voulu garder d'elle un bon souvenir. Je lui ai dû parfois quelques agréables moments durant ses trois semaines de villégiature romanesque à Fiesole.

Cette femme de lettres consulte les esprits. Elle ne se contente pas d'avoir des rapports avec ceux d'ici-bas, elle en a aussi avec ceux de l'au-delà. Nous lui fûmes redevables de quelques séances de spiritisme qui firent diversion à mes tracas. J'ai cette mobilité de sentiments qui est inhérente à la faculté de subir les impressions de la vie, par quoi, sans doute, on est plus ou moins artiste. On éprouve, on enregistre, on répète. J'ai éprouvé le comique du spiritisme, ma femme aussi, qui se prêtait de bonne grâce et avec un impertubable sérieux aux évocations de Mrs Ffoulkes.

Après son départ, Louise jugea devoir se reposer. Elle prit le train pour Portofino qui est un petit port de la Riviera qu'illustre le voisi-

nage du couvent de Cervara où l'on rappelle le
souvenir de François Ier. C'est là que le hasard le
retint après la bataille de Pavie. Le bateau qui
le menait prisonnier en Espagne fut jeté par la
tempête sur ce point de la côte et le roi gentilhomme y dut séjourner quelque temps sur
l'ordre de Charles Quint.

Je ne pense pas que ce souvenir ait eu beaucoup d'attrait pour ma femme. Elle avait sans
doute d'autres raisons d'aller respirer l'air de
Portofino. Je ne les ai pas connues. Son absence
dura cinq jours. Je suis resté avec Buby. Mon
fils me suffisait.

J'étais bien résolu à reprendre ma liberté,
mais, jour et nuit, je pensais à l'enfant, à ses
droits, à son avenir. Je ne savais de quelle façon
il serait plus sage de procéder à cause de lui. Le
laisser à sa mère, ce n'était pas possible. On l'a
bien vu depuis ; mais, dès lors, mes parents et
moi-même, nous ne nous faisions aucunes illusions. Tout en nous se révoltait à l'idée d'abandonner ce pauvre enfant à des mains mercenaires, sous la direction d'une mère à chaque
instant changeante dans ses desseins et dans sa
conduite.

Quand elle revint de Portofino, j'eus la sensa-

tion d'être en face d'une personne nouvelle
Mrs Ffoulkes avait déteint. Louise revenait trans_
formée en bas-bleu. Il n'était plus question que
de son livre, de ses travaux littéraires, de ce
qu'elle ferait dans les Lettres et de l'importance
que ses écrits auraient dans le monde. Elle passait des heures à griffonner, à remplir des
feuilles de papier, à télégraphier à son éditeur,
à correspondre avec Mrs Ffoulkes. Enfin, au
travers de tout ce fatras, je finis par être à peu
près informé de ce que contenait le fameux
ouvrage qui devait être un monument élevé à
l'amour maternel. Je découvris, non sans
stupeur, qu'il contenait de véritables attaques
dirigées contre S. M. l'Empereur d'Autriche
J'essayai de faire entendre à ma femme l'absur-
dité de ses procédés. Elle partit en sifflant et en
haussant les épaules.

J'aurais dû faire un éclat, me dira-t-on,
m'opposer à la publication du livre.

Comment ? de quelle façon ? Je n'avais qu'à
joindre cette révolte et cette humiliation à tant
d'autres et laisser sonner l'heure où il me serais
possible de reprendre mon fils. Je m'imposais
de dépasser les limites de la patience. Il fallait
attendre que le livre, nouvelle cause de grief

eutre nous, eût paru. Quant à discuter avec Louise, c'était impossible plus que jamais. Elle tenait, au sujet de « L'Histoire de ma vie, » des propos inouïs. A l'entendre, elle aurait enfin sa revanche. Le Baron George von Metzsch, premier Chambellan de S. M. le Roi de Saxe, serait ruiné à tout jamais dans l'esprit du Souverain. Toutes les personnes dont elle avait eu à se plaindre, seraient perdues elles aussi.

J'écoutais sans la contredire. Elle finissait alors par me savoir une espèce de gré de ce silence. Elle ne voyait pas que j'en étais arrivé au point où je m'efforçais seulement de la comprendre, de la juger, et que tout ce que je ne disais pas, préparait ce que je ferais. Elle se calmait, elle s'attendrissait, elle devenait meilleure.

— Tu me pardonnes mes mauvais moments ? disait-elle.

— Oui, oui, je te pardonne.

En effet, je passais mon temps à pardonner, et, d'ailleurs, au fond, je lui ai tout pardonné.

Elle partit pour Londres afin de voir les épreuves de son livre. Les relations épistolaires entre elle et son éditeur s'étaient multipliées. L'aventure ne valait pas la peine de traverser l'Europe. Il était enfantin d'aller à Londres pour corriger du papier noirci et pour revoir l'anglais de Mrs Ffoulkes ; la poste eut suffi à permettre ce travail, en admettant qu'il fut nécessaire. Mais non, elle s'était mis en tête d'aller à Londres et elle y fut. Emballée sur le compte de l'éditeur Nash, voyant eu lui, sans doute le parangon de toutes les vertus que devait exalter son livre, elle lui fit présent, à mon issu, d'une épingle de cravate dont j'ai trouvé la trace sur le livre de comptes de la maison, en 1910, au mois de novembre, écrit de sa main.

Peu d'éditeurs ont eu la bonne fortune d'être ainsi favorisés et encouragés dans leur commerce.

XXXII

BUBY VOYAGE A SES DÉPENS

Louise, revenant de Londres, était toute auréolée d'espoir. Que lui avaient dit son éditeur et Mrs Ffoulkes? Qu'avait-elle imaginé? C'était assez difficile à démêler ; mais elle était intarissable sur le chapitre des travaux que la Littérature universelle attendait d'elle. Le moindre de ses ouvrages à venir devait être un volume sur Napoléon Iᵉʳ. Elle était seulement fâchée de la traduction en allemand de « L'Histoire de ma vie ». Ce texte lui semblait tout à fait inférieur à sa pensée. Elle allait donc refaire elle-même le livre dans sa langue maternelle.

Elle me trouva très calme, du moins en apparence. Mes amis, mes parents, m'avaient tenu compagnie à Fiesole et pendant son absence j'avais consulté, écouté, réfléchi et lu les jour-

naux qui ne cessaient de parler des voyag
ma femme et de ses publications futures.

Nous étions en juillet 1911 lorsqu'elle repar
pour l'Ile de Wight avec Buby, sous prétexte
que le Docteur allemand de Florence, qui l'avait
accouchée, lui avait dit qu'un séjour dans le
Nord de l'Europe ferait du bien à notre fils.
Ma mère leva les bras au ciel. Où l'enfant
devait-il être mieux qu'à Fiesole, même l'été ? Et
quels soins pouvaient valoir les nôtres ? Quand
Louise touchait à Buby, même pour bien faire,
c'était souvent sans mesure, nerveusement, par
foucades, et l'enfant en pâtissait.

Ne voulant pas la suivre ni précipiter le
dénouement imminent, je dus lui laisser encore
prendre Buby. J'étais certain de ce qui allait se
passer. A peine à l'Ile de Wight, Louise laissait
son fils aux soins de sa femme de chambre et
allait à Londres. Elle ne vivait plus que pour
« L'Histoire de ma vie ».

Cependant j'étais allé près de mes parents,
installés, comme chaque été, aux bains de
Porretta dans l'Apennin. Je reçus là une lettre
stupéfiante de Louise qui m'avait écrit à Fiesole
de la rejoindre sur le champ. Elle partait pour
Bruxelles et Spa. Je pris le parti de ne plus

répondre à Louise. Je ne m'en imposais pas moins de lui faire adresser son courrier et de taire tout ce que je savais, tout ce que je pensais, en dehors du petit cercle où l'on était au courant de mes peines et de la vie infernale qui m'était faite depuis longtemps déjà. On s'étonnait dans le public, de mon attitude passive, de mon silence obstiné. Certains disaient que j'aurais dû répondre aux journaux, dont les inventions et les commentaires méritaient d'être relevés. A quoi bon ! l'heure était venue de rompre, j'y étais résolu ; je partirais avec mon fils et personne ne me l'enlèverait. Pour en arriver là, il fallait déterminer exactement la situation de Louise et la mienne.

Ma femme, sous des prétextes divers, fuyait sans cesse le domicile conjugal. C'est moi qui y restais. Je pris le parti de la sommer de regagner sa demeure. Elle errait d'hôtel en hôtel. Point de réponse à ma sommation, et nul signe de vie à partir du 9 septembre. Alors, sur l'avis de mes conseils, je fis faire un inventaire légal du mobilier que nous avions à Fiesole et je retirai, devant témoins, ce qui m'appartenait en propre.

Nous étions entrés dans l'ère des difficultés.

J'avais reculé tant que j'avais pu, mais enfin il fallait en venir où nous en étions arrivés : aux difficultés déclarées.

Que l'on songe à tout ce que j'ai supporté depuis le moment où ma femme, m'attaquant la première, — et dans quelles conditions ! — faisait faire par ses domestiques une déclaration notariée, pleine d'accusations inqualifiables contre mon honneur. J'avais patienté quand même ; j'ai défendu, tant que j'ai pu, mon premier grand amour, j'ai lutté tant que j'ai pu pour l'honneur du foyer que j'avais fondé si follement. J'ai combattu jusqu'à la dernière minute pour essayer de garder une mère à mon enfant.

XXXIII

DOCUMENTS

Je viens de résumer, dans le chapitre qui précède, la période la plus pénible de l'histoire de mon mariage avec Louise de Toscane. Il ne m'est pas possible de ne point l'appuyer de quelques extraits des lettres que je reçus de ma femme à ce moment.

Lorsqu'en octobre 1911 le bruit, déjà plusieurs fois répandu, de notre rupture s'est trouvé confirmé par l'intervention de la justice, — qui m'a donné ensuite pleinement raison — on a pu croire, grâce aux déclarations calculées de Louise et aux publications qu'elle a suggérées, qu'elle était une victime et que j'étais un bourreau dont elle voulait se séparer depuis longtemps. A lire quantité des nouvelles publiées

17

par des journaux plus involontairement crédules, je pense, que consciemment mal intentionnés, Louise s'était aperçue de son erreur depuis deux ou trois ans déjà. Elle était au regret d'avoir épousé le « pianiste » Toselli. Elle ne se trouvait retenue dans les liens du mariage que par sa fidélité à la foi jurée, sa naturelle bonté et toutes les perfections de son âme. Innocente colombe, elle gémissait dans les fers où ma férocité la tenait enchaînée.

La simple vérité fut que totalement désemparé, rassemblant mes forces physiques et morales pour me tirer d'une aventure funeste, avec mon fils, que je voulais sauver encore plus que moi-même, j'avais refusé de suivre plus longtemps Louise de Toscane dans ses déplacements insensés. Mais j'y avais mis quelque mesure. Je l'avais traitée, comme toujours, avec l'indulgence d'un homme qui respecte ce qu'il a aimé.

Il est notoire, et on l'a vu par ce récit, que dès l'été de 1910, — et bien avant — la vie commune n'était plus possible. Les reproches que j'avais faits à ma femme l'avaient-ils détournée de moi? Etais-je détesté d'elle? Je ne citerai que quelques lignes d'une lettre qui date du 6 juin 1910 et que je reçus de Paris, au cours d'une de ses randonnées d'Italie en Angleterre.

..... Je me sens plus que jamais attachée à toi... Ne plus te laisser. Oh ! mon Henri !... Je suis vraiment à toi, je l'ai toujours été et je le serai toujours !!!

Je ne te laisserai jamais... mais toi ne me fais jamais plus souffrir avec ta malsaine et folle jalousie...

On le constate. C'est moi qui devais avoir tort. J'étais un Bartholo, un Othello, un être odieux, et Louise un agneau sans tache ne fuyant jamais le bercail.

Mais passons à 1911 et regardons de près quel était le ton de ma femme quelques semaines avant l'éclat du mois d'octobre et tout le bruit qui s'est fait alors dans la presse.

On l'a vu dans le chapitre précédent, Louise est partie de Fiesole, toute occupée de l'absurde histoire de « L'Histoire de ma vie ». Elle est allée en Angleterre, puis en Belgique. Il arrive des lettres à Fiesole pour ma femme ; je les renvoie en respectant leur secret. Rien de plus naturel, d'ailleurs.

Voici en quels termes on m'en accuse réception :

1er septembre 1911.

Cher Henri,

J'ai reçu hier malin ta lettre recommandée ; merci de m'avoir expédié ma correspondance. Depuis hier je travaille assidûment à mon livre qui sera prêt à la fin de septembre.

Le cher petit Buby se porte splendidement, sa santé est très bonne, toutes ses fonctions très régulières. Hier nous avons été à Laeken, château et jardin royaux, mais le parc était fermé et nous sommes rentrés. Dans l'après-midi nous avons fait un tour dans le bois.

Le temps est doux comme à Florence.

Le cher petit Buby embrasse tant son cher petit papa ; moi je t'embrasse affectueusement.

LOUISE.

Ce billet confirme tout ce que j'ai raconté au sujet de Buby. Sa mère n'ignore aucun de mes griefs et de ceux de mes parents. Elle a bravé nos alarmes. Nous avons cédé une fois encore devant son droit maternel ; mais nous sommes sur des charbons ardents. Il faut donc nous rassurer. Tout est calculé dans cette courte lettre pour y réussir. Le temps de Bruxelles vaut celui de Florence et l'on promène Buby dans le parc de Laeken.

Cependant les journaux font des leurs. Je m'irrite, j'écris ce que je pense à ma femme à ce sujet, et je continue à m'alarmer des suites probables de « l'Histoire de ma vie », scandale superflu.

Le 2 août, Louise m'écrit :

... *Ne t'agite pas à cause des journaux, tu sais que ce ne peut être autrement, il paraît qu'en Allemagne aussi on écrit des cochonneries et des infamies, mais cela ne me donne aucun souci...*

Une seule chose me préoccupe depuis hier. C'est une lettre de Nash par laquelle il me dit que Giron a écrit, paraît-il, ses Mémoires et les a vendus à un éditeur belge. Nash cherche à empêcher que Giron écrive des choses qui pourraient me nuire ! Tu comprendras que cette nouvelle n'a pas été un plaisir pour moi. Mais Nash est si malin qu'il saura atteindre le but qu'il désire...

Un peu plus loin, Louise se révélait sous l'apparence de la femme du travail de l'esprit, et alors quelle affaire !

... Hier, j'ai écrit pendant cinq heures et demie sans m'arrêter, c'est-à-dire que j'ai corrigé, tra-vail qui fatigue beaucoup. Aujourd'hui je n'ai travaillé que trois heures et j'espère que comme j'ai encore six chapitres, c'est-à-dire cent-vingt pages à corriger, je finirai dans six jours. Je de-vrai me rendre ensuite à Londres pour voir la tra-duction allemande et française.....

Mais les belles lettres ne détournent pas une mère de ses devoirs, et elle achève en disant :

Sois tranquille, Buby se porte à merveille. Il pèse tellement que je ne peux le tenir dans mes bras que difficilement.

Avec mille baisers, mon cher Henri, toujours ta

LOUISE.

Buby était en réalité si bien portant qu'il est résulté du certificat du médecin que nous avons fait établir quand j'ai pu le délivrer des soins dont il était l'objet, que l'enfant était anémique et toujours en proie à une surexcitation extraordinaire.

Voici ma femme passée de Belgique en Angleterre, le 18 août. Elle sait que je m'énerve, que

Je piétine sur place ; mais aurai-je le cœur de me fâcher? Elle n'en peut plus, elle est malade. Elle m'écrit de Londres :

Mon cher Henri,

Hier au soir nous sommes arrivés ici, sans souffrir de la chaleur qui épouvante tous les voyageurs. Buby était et est à merveille ; on ne pourrait souhaiter mieux. Je ne peux pas en dire autant de moi. J'ai souffert de vertiges, d'oppression, la nuit surtout. Je verrai aujourd'hui le docteur qui me dira ce que je dois faire. Aujourd'hui je dois voir Nash pour bien des choses ; je télégraphierai ensuite tout ! Je désire avant tout me remettre ; je suis si faible. Heureusement, le temps est frais.

« Je télégraphierai tout ! » Qu'est-ce qu'elle télégraphiera? Elle n'en sait rien elle-même ; mais cette phrase doit me rassurer en même temps que le reste du billet peut m'attendrir. Dès le lendemain, 19 août, la Grande-Bretagne est devenue un pays inhabitable pour Louise de Toscane qui m'écrit :

Hier, je me suis sentie très mal... Après avoir vu Nash et avoir fini toutes mes affaires, j'ai été chez

Madame Ffoulkes et là j'ai rencontré le Docteur qui m'a décidée aujourd'hui même à partir pour Spa. Je prends le train de neuf heures. Nous serons à cinq heures à Bruxelles où nous passerons la nuit. Je t'écrirai de là-bas. Je ne suis pas bien. Mille baisers de ta

LOUISE.

Bonne Mme Ffoulkes, elle est naturellement si tendre et prévoyante qu'elle a chez elle un médecin, à demeure, pour rendre service à ses amies souffrantes lorsqu'elles viennent la voir!

Mon angoisse au sujet de Buby ne va pas en diminuant. Louise alors s'acharne à me persuader qu'elle est au plus bas et, dès le 20 août, à peine arrivée à Bruxelles, elle m'écrit du Carlton Hôtel :

Mon cher Henri,

Le voyage d'hier s'est bien passé, mais moi je suis dans un état qui m'oblige à rester ici tout un jour. Je suis tellement faible et épuisée que je ne me reconnais plus. Je m'aperçois maintenant que la maladie nerveuse que je sentais venir est vraiment arrivée. Je suis soutenue par cette immense énergie qui est une grande partie de ma vie ! Main-

tenant je n'en peux plus. *Je suis une ombre de ce que j'étais avant. Je maigris chaque jour et suis très pâle. Tout m'ennuie, tout m'agace, tout m'irrite. Je souffre d'une anémie cérébrale ; dans le train j'avais des vertiges, je ne pouvais pas regarder hors de la fenêtre, Il me semble toujours que je tombe, souvent je m'évanouis, ensuite je ne sais plus où je suis. Aujourd'hui j'ai de grands maux de tête ; je n'ai pu dormir. Ici on est très bien ; les prix peu exagérés.....*

Le cher Buby est un amour ! *quelquefois il a des caprices. Il t'envoie tant de baisers... Baisers, cher Henri.*

Ta LOUISE.

Comprend-on maintenant mon état d'incertitude et de réflexion, à Florence? J'avais beau ne pas croire en ses lettres, je me disais tout de même : Qui sait? Elle est peut-être réellement malade. Ne devrais-je pas la rejoindre?

Du 22 août, cette autre missive :

Mon cher Henri,

J'attends de tes nouvelles et comme je suis inquiète. Pour moi, je te dirai que je suis toujours la même, aujourd'hui, j'ai de très fortes douleurs de

tête, mais avec le temps cela disparaîtra aussi.
Demain matin, je partirai avec Buby pour Spa
dans l'espoir de me remettre à cet air splendide.
L'enfant se porte on ne peut mieux. Jamais je
n'aurais cru qu'il supporterait si bien les voyages
et le changement de nourriture. Tu verras quelle
mine magnifique a ce cher ange. Il digère très
bien, il dort sans s'éveiller...

Comment en douter ? Mais la question des
Mémoires que doit publier M. Giron est restée en
suspens. Il faut la solutionner Louise y pense et
m'informe :

Nash m'a envoyé une lettre de Giron qui dit qu'il
n'a jamais écrit et n'écrira jamais un seul mot. La
lettre est dans des termes précis de grand gentil-
homme d'une parfaite éducation...

Il n'a pas tenu à moi d'être traité par Louise
de « grand gentilhomme », J'aurais donné bien
cher pour mériter cette épithète à ses yeux ; mais
il a fallu que pour mon fils, pour l'avenir, pour
la vérité, pour l'honneur de mes parents, je me
défende... Qui l'a voulu ?
Mes réponses devenant plus nerveuses et mes

doutes plus marqués, Louise va peu à peu laisser percer le fond de son âme.

Le 22 août, elle m'écrit de Bruxelles :

« *Mon cher Henri,*

.... Si tu me voyais, peut-être aurais-tu d'autres impressions. Si tu étais venu avec moi comme je te l'avais offert, les choses seraient bien différentes maintenant. Avec ta tendresse empressée, peut-être n'aurais-je jamais été réduite au point où j'en suis ; mais jamais tu n'as voulu m'écouter.

J'ai trop souffert... et je finirai à ramener mon existence à une bien triste fin.

Ton affection est morte depuis longtemps... mais moi je ne m'imposerai pas à toi, depuis que je suis devenue un obstacle à ta carrière, la ruine de ton talent, comme tu le disais toi-même. Dans ces dernières semaines, je suis réduite à l'ombre de ce que j'étais. Demain je serai à Spa et dorénavant je t'enverrai journellement, selon tes désirs, des nouvelles du cher Buby ; c'est ce que tu demandes...

Est-il besoin de multiplier ces citations ? Je les fais parce que, logiquement, je dois les faire. Mais on sent combien elles me sont pénibles.

Passons sur les billets suivants où, entre autres
étrangetés, il est question de l'éditeur Nash
commandant à Louise un livre sur Napoléon !...
Force détails sur Buby, de plus en plus floris-
sant, à en croire sa mère, me sont aussi donnés.
C'est pour lui seul que ma femme se promène
de Bruxelles à Spa, court les bois et les parcs,
quoique si fragile et si ébranlée dans sa santé.

Nous arrivons au début de septembre. Ma
patience est à bout. J'ai sommé ma femme de
réintégrer le domicile conjugal afin de voir
revenir Buby à un foyer où l'on pourra surveiller
sa santé. Sa réponse, datée du 2 septembre 1911,
Bruxelles, Carlton Hôtel, laisse percer l'irritation
et tout ce qu'il y a de mauvais au fond d'une
âme courroucée.

Cher Henri,

*Je viens de recevoir ta dépêche à laquelle je ne
peux répondre par une autre dépêche, comme tu
me le demandes, ce ne serait ni prudent, ni adapté
à la circonstance, ce dont tu conviendras toi aussi
en pensant à la publicité qu'un tel fait pourrait
faire naître. Je réponds immédiatement à tout ce
que tu me dis avec toute la tranquillité que ton
agitation sans fondement me suggère. Tu ne me*

fais pas peur, mais tu me donnes à penser. Si tu
désires une séparation légale, tu peux faire les pas
nécessaires. J'attends ta décision. Quant à l'enfant,
si tu le désires, il peut rentrer tout de suite à
Fiesole. J'ai trouvé une personne sûre qui pourrait
te rapporter le cher petit. Tu n'as qu'à m'envoyer
une dépêche... Décide et écris-moi. Je ne te con-
seille pas de répéter une dépêche comme la der-
nière... Je te répète que je suis tout à fait décidée
à accepter tes décisions. Buby partira lorsque tu le
voudras.

LOUISE.

Si j'avais eu encore des doutes sur la sincérité
des sentiments maternels de ma malheureuse
femme, cette facilité à se séparer de notre enfant,
m'aurait ouvert les yeux. Mais j'avais plus d'une
raison d'être fixé sur l'amour maternel tel que le
comprend Louise de Toscane, Je m'étais décidé
à tout brusquer en recevant d'elle un billet daté
du 30 août qui m'avait effrayé sur les conséquences immédiates que son système d'éducation pouvait avoir pour Buby. J'avais montré ce
billet à mes parents. Ils en étaient malades. Ces
quelques lignes produites plus tard devant le
Président du Tribunal de Florence, ont contribué

à lui permettre d'apprécier les vertus éducatrices
de Louise de Toscane.

Voici ce qu'elle m'avait écrit ·

*Les nouvelles du cher petit sont toujours les
mêmes ; toujours très bonnes. Pour calmer ses
caprices, qu'il a souvent sans aucune raison,
j'achèterai aujourd'hui un fouet à cheval qu'il sen-
tira un peu plus que ma main. Buby fait journellement ses petites promenades et, aussi bien le jour
que la nuit, il dort tranquillement. Son appétit est
très bon ; il mange très volontiers.*

*Buby envoie de petits baisers à son cher papa et
moi je t'embrasse affectueusement.*

LOUISE.

Il n'y a qu'une ligne de vraie dans ce billet :
celle où perce la colère des souffrances de l'enfant
qui pleure ; il a des « caprices » à l'ordinaire des
bébés de cet âge, parce qu'il est malheureux. Les
nouvelles qu'on donne de lui s'efforcent de pal-
lier la cause de sa nervosité : le manque de soins.

Pauvre enfant chéri, qui a versé tant de larmes
tout petit, puissent-elles lui être comptées là-
haut et lui épargner celles qu'on verse parfois,
devenu homme, et qui sont si douloureuses.

XXXIV

DERNIÈRE RÉCONCILATION ET SUPRÊME RUPTURE

Au début d'octobre 1911, nous en étions donc là ; plus de rapports entre nous, un commencement de constatations de disparition de ma femme du domicile conjugal, des mesures conservatoires prises par moi, et Buby aux mains de sa mère, loin de Florence, de ses grands parents et de moi-même. J'avais pu m'assurer, indirectement, que l'état de l'enfant était des plus précaires. Je confesse que je préparais un enlèvement, lorsque Louise m'écrivit, de Milan, qu'elle serait à Florence, à l'hôtel Baglioni, le 14 octobre. Que voulait-elle de moi ? Quelle explication était encore nécessaire entre nous ? Je n'en sais rien. Sa lettre n'était pas plus raisonnable que tant d'autres de ses actes. J'ai seulement pensé à Buby.

Elle arrive à Florence et elle descend à l'hôtel Daglioni.

Je touche ici au plus délicat de ce drame. Je n'ai rien à me reprocher. Ce que j'ai fait, je le ferais encore. Mes parents se désespéraient au sujet de Buby. Outre l'instinct paternel, tout m'incitait à le reprendre. Il aurait fallu ne pas avoir un atome de cœur pour ne pas aimer le pauvre petit et ne pas songer à lui faire une autre vie que celle que lui préparait sa mère. Et voilà cette malheureuse à Florence.

Je la rencontre rue Tornabuoni ; elle m'entraîne à son hôtel me disant : « Viens, j'ai à te parler, ne perdons pas de temps ». Je la suivis dans son appartement... Ce fut le grand jeu avec tous les gestes du répertoire :

— Tu ne me comprends pas, tu ne m'as jamais comprise. Mon pauvre cœur est sans cesse déchiré. Je pense à toi nuit et jour. Nous pouvions être si heureux ! Tu n'as pas su me prendre. Oh ! Henri, je t'adore, je n'ai jamais aimé que toi. Je veux mourir. Tue-moi...

J'abrège. Ce fut très long. Si long que j'étais encore là le lendemain et que du 14 octobre au 21, c'est-à-dire sept jours, sept longs jours, je suis resté en compagnie de Louise de Tos-

La mère et l'enfant.

cane, lui cachant ma pensée, lui cachant mon dessein... Plus rien en elle ne m'attirait. Je me violentais sans cesse.

C'est à ce moment qu'elle me fit présent d'un exemplaire de l'*Histoire de ma vie* affectueusement dédicacé... Et moins de quinze jours plus tard, Mrs. Ffoulkes, dûment stylée, allait me traîner dans la boue de ses inventions de faiseuse de romans!

Dès le 17 au matin, l'enfant, qu'elle avait laissé à Montreux, était à Fiesole avec les bonnes. J'en étais arrivé à ce que je voulais. J'ai entendu alors quelques-uns de mes amis me blâmer. Ils ont cru que j'avais tout oublié et que je reprenais avec ma femme l'existence commune. Je laissais dire et je regardais Buby, si léger dans mes bras, si maigriot, si pâle.

Une première fois je l'avais amené de Fiesole à Florence pour le présenter à ses grands parents qui, bien entendu, ne voulaient plus revoir leur belle-fille. Je fus violemment tenté alors de partir avec lui, de le cacher quelque part, de le mettre à l'abri de sa mère et de la fameuse Hürlimann. C'était encore trop tôt. Devrais-je fuir au loin? N'est-il pas plus simple de rentrer dans ma famille avec mon fils et de dire : « Je l'ai, je le garde ». Nous nous consultons là-dessus. Je ramenai Buby à Fiesole. Une seconde fois, je lui fis faire la même promenade ; mais cette comédie m'excédait. Le 20, je ne pouvais plus respirer lorsque j'étais dans la villa Paganucci. Je pris un prétexte pour ne pas y rentrer le soir. Ma rancœur était trop forte, je n'avais plus le courage d'y coucher. Mais j'avais promis d'y déjeuner le lendemain, Louise avait insisté. Elle parlait posément d'une séparation par consentement mutuel. Elle cherchait à savoir ce que je pensais.

— Pourquoi ne pas nous séparer amis ? disait-elle. Tu peux garder l'enfant. Nous irons au tribunal, nous nous quitterons en bons camarades. Je ferai quelque chose pour notre fils. Je n'oublierai jamais que je suis sa mère. Je peux contribuer à son éducation par une rente mensuelle de cinq cents francs et t'aider à lui constituer une dot pour plus tard en lui abandonnant un capital de cent mille francs.

J'eus l'air de céder. J'étais curieux de voir où elle voulait en venir. Mais, me croyant sa dupe, elle changea soudain de ton. Le lendemain, dans l'étude de l'avocat Ugo Nobili où nous devions régler nos situations, elle m'interpella violemment :

— Allons donc, je vois clair. Tu ne te prêterais à une transaction amiable que pour manger mon argent.

Je crois que ce jour-là je me suis rendu coupable du seul geste d'égarement que j'aie à me reprocher: J'ai saisi une chaise et il s'en est fallu de peu que je me laisse aller à une violence regrettable. L'avocat Nobili, présent à cette discussion, s'interposa et blâma la Princesse. Je regrettais déjà de n'avoir pu me contenir. A ce moment, Louise paraissait m'exécrer et ne plus pouvoir me regarder. Nous nous quittâmes... et quand le soir nous nous sommes retrouvés dans notre maison, à Fiesole, ma femme vint à moi, l'air doux, et m'embrassa en me demandant pardon.

— Tu vas dîner ici, dit-elle. Je rapporte une petite tarte comme tu les aimes.

— Ah ! non, merci, répondis-je Assez de tartes... Je ne dîne plus là.

Ses changements de girouette me donnaient des nausées. Le soir même je rentrai chez mes parents avec le projet arrêté de reprendre mon Buby.

Lorsque le 21, j'entrai dans la villa, vers dixt
heures du matin, tout était à l'envers. Louise
avait résolu de repartir pour la Belgique. Je
vis dans l'antichambre des caisses où je lus :
« Princesse de Toscane, Bruxelles ». Buby étai-
avec les bonnes. Je le cherche, je le prends. Ces
filles n'aimaient guère à le sortir. Elles se sen
taient à Fiesole l'objet d'une antipathie générale. Je leur dis, d'un air naturel, que j'ai laissé
dehors des amis qui veulent voir l'enfant. Buby,
tout heureux, souriait dans mes bras. J'allais
passer du vestibule dans la rue quand ma
femme m'appela. Elle était dans une pièce dont
la porte se trouvait ouverte ; elle recevait son
fourreur. Elle me dit aimablement, en me mon-
trant les élégantes peaux de bêtes exposées à sa
tentation :

— Veux-tu me faire cadeau de ces fourrures ?

J'en désignai une et, froidement, je demandai :

— Combien coûte celle-ci ?

— Quatre mille neuf cents francs, répondit le
fourreur.

— Ce n'est pas assez beau pour la Princesse,
répliquai-je.

Et je m'éloignai, tenant toujours Buby.

Je fis un peu de chemin à pied. Les domestiques ne s'étaient aucunement souciés de ma
sortie avec mon fils, la mère encore moins. Je
trouvai une voiture. Vingt minutes plus tard,
Buby était en sûreté chez mes parents et à
défaut d'une mère, il avait un grand-père et
une grand-mère.

XXXV

BUBY SAUVÉ

Les heures passaient à la villa Paganucci sans qu'on y vit revenir Buby ni son père. La Hürlimann, m'a-t-on dit, s'inquiéta la première et jeta l'alarme dans le cœur de sa maîtresse. Elle finit par comprendre que ni l'enfant, ni moi, nous ne remonterions à Fiesole.

Dès le lendemain, Louise se précipita chez son avocat. L'homme de loi lui dit que j'étais dans mon droit. Elle remonta à la villa Paganucci, plus furieuse que désolée et se consola du départ de l'enfant en faisant une promenade en biroccino, petite voiture italienne de campagne, à deux roues et un cheval.

On me rapporta d'elle et de son entourage des propos inouïs. Je laissai dire. Mes parents et moi, nous étions tout au bonheur d'installer chez nous le tout petit qui ne tarda pas à être plus gai et plus rose. J'avais pensé que sa mère allait rester à Florence pour chercher à le reprendre, et, fort de mon droit paternel, j'étais décidé à m'y opposer par toute espèce de moyens ; mais la Belgique et ses attraits l'emporta. J'appris que Louise ne pouvait pas retarder longuement son départ. Toutefois, son avocat écrivit au mien, M. Paoli, que la princesse désirait voir son enfant avant de quitter Florence. On lui répondit que si elle souhaitait de voir Buby, elle ne le verrait qu'en ma présence. Elle préféra y renoncer après avoir fait présenter requête au Tribunal au sujet du « rapt » de son fils et cette requête contenait à mon sujet des allégations qui ont fait sourire.

Je n'ai plus eu de rapports avec elle jusqu'au 21 novembre 1911, mais j'ai reconnu son influence et sa main dans les attaques et les racontars publiés par certains journaux. Elle a fait prendre des nouvelles de l'enfant, une ou deux fois par son avocat. Enfin, le 21 novembre, nous nous sommes revus devant le Président du Tribunal de Florence qui a rendu contre elle son jugement sur la requête présentée par elle le 23 octobre 1911 tendant à me faire enlever

Buby. Nous n'avons plus été que des adversaires en présence.

••

Je crois avoir dit tout ce qu'il était nécessaire de dire pour ma libération morale, pour la salut de mon enfant et l'honneur de ma famille. Je me suis efforcé d'être mesuré, de parler sans passion et sans haine. Je m'étais fait une loi de me taire. Je ne m'en suis départi que parce que les événements m'y ont forcé et ces événements, ce n'est pas moi qui en suis cause.

Hors de ce que je publie ici, on chercherait en vain, tant de ma part que de celle de mes parents et de mon avocat, des confidences faites aux journaux ou des communications accordées à des indiscrets. Je crois qu'en eux, comme en moi-même la pitié l'emporte sur tout autre sentiment.

Pauvre Louise de Toscane! tout s'est tourné contre elle dans ses démêlés avec la justice, la plus humaine et la plus courtoise qui soit, peut-être. Quelle que fut l'opinion de la magistrature florentine à l'égard de ma femme, elle s'est fait une règle de la traiter avec une bienveillante

équité. Mais chaque fois qu'elle est venue au
Tribunal de Florence, dans chacune de ses
réponses, perçait la colère de tant de fautes
indéniables, le frémissement d'un tempérament
qui ne peut se dominer, le mépris des con-
traintes les plus naturelles et des lois les plus
respectables.

Je ne saurais retracer en détail mes dernières
rencontres avec celle à qui j'ai donné mon nom.
Condamnée le 21 novembre 1911, condamnée à
nouveau le 9 avril 1912, renvoyée de tous ses
moyens, déboutée de toutes ses demandes, elle
a vu, suivant mon désir, mon cher petit Buby
définitivement confié A MA GARDE.

XXXVI

DERNIÈRES RENCONTRES

Ce récit consciencieux de mes quatre ans de vie avec Louise de Toscane se trouvait achevé et je ne savais pas encore, au fond de moi-même, si vraiment je le publierais. Je peux répéter ce que j'ai dit en commençant : j'hésitais, j'hésite encore; j'hésiterai à la minute même où cette publication aura commencé.

Est-ce une affaire de tempérament et de nature, j'ai voulu être, presqu'au delà des limites permises, un optimiste et un indulgent. Quoi que l'on ait pu me dire, je me suis persuadé qu'il était toujours possible d'obtenir de Louise un changement de caractère et de vie. J'aurais tant voulu que le silence se fît sur elle et sur moi.

Notre séparation légale, prononcée le 9 juin

1912, a laissé à ma femme le droit de voir son
fils à son gré. Loin de moi la pensée d'élever
Buby en essayant de lui faire croire qu'il n'a
point de mère. Je souhaite même ardemment
qu'un jour, quand le temps aura fait son œuvre
et tout apaisé, il ne puisse avoir que de l'affection pour celle à qui il devra le jour. Lorsque
dans cette femme infortunée, on ne pourra plus
trouver qu'une mère, sa fatalité d'origine et de
nature devra tout excuser aux yeux de son fils.
C'est dans cet espoir que je me suis prêté à la
séparation par consentement mutuel demandée
par ma femme, aussitôt qu'elle a vu, devant la
justice à Florence, que la partie était perdue
pour elle. Je n'ai formulé qu'une condition :
J'ai dit que je souhaitais que l'enfant restât
exclusivement confié à ma garde et à celle de
mes parents et élevé par nous à l'exclusion de
sa mère dont j'entendais ne rien vouloir pour
subvenir aux frais nécessités par Buby pour le
mener jusqu'à l'âge d'homme. Ceci bien établi,
je ne m'opposais pas à ce que Louise de Toscane vit Buby autant de fois qu'elle le voudrait
voir.

L'arrêt a été rendu dans les termes que je désirais. Louise a signé l'acceptation du jugement,

j'ai signé comme elle. A cette minute-là, j'ai oublié tous mes griefs, elle a paru oublier les siens, si elle en avait de sincères, et nous sommes sortis du tribunal en compagnie de nos avocats. Nous avions l'air de gens réconciliés et qui ne sont plus ennemis par l'effet d'une séparation réciproquement consentie.

C'est alors que se sont répandus dans la presse les bruits d'un rapprochement.

Ma femme, étant à Florence, est venue voir son fils chez mes parents. On en concluait que nous étions redevenus mari et femme. C'était juger bien légèrement et sur des apparences qui ne pouvaient tromper que ceux qui voulaient être trompés.

Louise logeait à Signa, chez la marquise d'Asnasch son amie. Elle arrivait Via Lamarmora, on lui présentait Buby. Elle s'efforçait d'être une maman affectueuse. Je me trouvais là, ma mère aussi et nous parlions en évitant tout ce qui pouvait évoquer le passé.

Subitement, un jour, Louise n'a pu venir voir son fils. Elle est tombée malade à Signa. Elle m'a écrit en me priant d'aller la voir.

Ce n'était guère possible. Qu'elle vînt chez moi, ainsi que la justice l'y autorisait, et pour la raison qu'elle devait y rencontrer notre enfant, rien de plus naturel. Mais que serais-je allé faire à Signa? Je ne crus pas, d'ailleurs qu'elle était malade.

Cinq jours plus tard, je fus informé qu'elle était alitée; on parlait même, dans Florence, de la gravité de son état. Alors, ma mère et moi nous sommes partis avec Buby.

Arrivés à Signa, nous avons vu Louise. Elle était réellement atteinte.

Quelle situation! Et comme elle était à plaindre! Autour d'elle, rien que des étrangers. Dans ce pays où elle avait son mari et son fils, pour elle, point de foyer.

Je suis resté plusieurs heures à Signa. Le lendemain, j'ai prié le Professeur Giannettasio de venir examiner ma femme. C'est une sommité médicale. Je ne pouvais mieux faire.

N'était-il pas de mon devoir de ne pas abandonner la mère de mon enfant lorsqu'elle était en danger? Était-ce l'heure de laisser parler en moi un juste ressentiment et de n'être plus qu'un indifférent pour celle qui m'a fait souffrir, c'est vrai, mais qui souffrait alors?

Le professeur Giannettasio, tout le premier, a compris le mobile qui me faisait agir. Il est venu avec le Docteur allemand, établi à Florence, et que ma femme avait fait appeler. Nous sommes arrivés, le matin, à Signa. Les deux praticiens ont examiné longuement la malade et se sont consultés. Il a été reconnu indispensable de transporter la Princesse dans une maison de santé. Elle était atteinte d'une péritonite grave.

On a dû attendre trois jours avant de pouvoir la transférer dans l'établissement où il était à prévoir qu'elle serait opérée. Pendant ces trois jours je ne l'ai pas quittée. J'ai fait le métier de garde-malade.

Je ne sais pas si, dans ce moment-là, ma femme a fait un retour sur elle-même et si elle a senti que le jeune homme inexpert et enthousiaste que j'étais, quand nous échangions des serments d'amour, avait, depuis, vieilli dans l'amertume sans devenir amer. Je ne dis pas cela pour me faire valoir. Je le dis parce que c'est le dernier chapitre de mon aventure princière et qu'il faut bien pourtant effacer jusqu'au bout cette affreuse légende qui m'a présenté comme un intrigant ayant épousé une Altesse Royale par calcul et vanité. Voilà quel a été l'aboutissement de mes rêves dorés et de mes calculs savants : J'ai soigné de mon mieux

Louise de Toscane après avoir successivement perdu en elle l'amante et l'épouse.

Le vendredi matin, 14 juin, on la conduisit en automobile, de Si,na au couvent de San Gerome, à Fiesole, chez les sœurs bleues. Au cours du transport, j'étais avec le docteur qui était auprès d'elle. Aussitôt qu'elle a été installée dans la maison de santé, je suis rentré chez moi, croyant avoir fait tout ce qu'il était bon que je fisse. Je suis revenu ensuite prendre des nouvelles de Louise. Ma mère était avec moi. Je fus stupéfait de l'accueil de ma femme. Elle me reçut très froidement. Elle n'était plus la même. Que s'était-il passé? Que lui avait-on dit? Quelle idée avait-elle en tête? Je m'en fus, découragé et dégoûté et la laissai chez les sœurs bleues en souhaitant qu'elle revint à la santé.

J'étais humilié plus que je ne saurais l'exprimer de constater que dans la minute même où ma femme ne se sentait plus abandonnée, en croyant trouver dans la maison où on l'avait transportée les soins nécessaires, elle oubliait tout ce que je venais de faire pour elle.

⁘

Le mardi suivant, le professeur Giannettasio

me fit connaître que l'état de ma femme s'ag-
gravait et que l'opération redoutée paraissait
inévitable. Il insista pour que j'allasse de nouveau voir Louise à San Gerome. J'y consentis,
mais en emmenant Buby et ma mère.

L'accueil fut meilleur. Louise était dans une
heure d'attendrissement. Le vent avait tourné.
Je revins les jours suivants. Elle était un peu
mieux. L'opération devenait moins nécessaire.
Nous causions, comme peuvent causer des
blessés ennemis au soir d'une bataille et qui,
après avoir combattu, se retrouvent à l'ambu-
lance.

J'en étais là, quand un matin, à huit heures,
je reçois une lettre ainsi conçue :

> *Mon cher Henri,*
>
> *Je te prie de ne pas venir à San Gerome jusqu'à
> ce que je te le fasse savoir.*
>
> *Louise.*

J'aurais vécu vingt ans avec Louise que je
n'aurais jamais pu m'habituer à ces surprises
continuelles, à ces chocs inattendus dont elle
gratifie ceux qui l'approchent, ou, du moins,
dont j'ai été spécialement gratifié.

J. E. Toselli et Buby sortant via Lamarmora.

Je tournais et retournais ce billet sec, comme
un coup de bâton en me demandant quel ennui
nouveau allait sortir pour moi de la maladie de
la femme restée la mienne selon la loi — et
l'humanité. Depuis quinze jours nous n'avions
eu ensemble aucune explication désagréable.
Du reste, je parlais peu, j'avais assez d'écouter.

Ma mère eut la bonté d'aller s'informer du
mystère que cachait le billet d'exclusion que je
venais de recevoir. Elle y fut avec Buby, naturellement. Elle trouva sa bru, qu'elle a traitée,
durant sa maladie, avec toute l'indulgence et
la pitié maternelle, dans un grand état de colère
apparente dont les raisons ne lui furent révélées
qu'après force cérémonies.

— Je vous donne en cent de deviner ce qui
se passe, s'écria Louise.

— Que se passe-t-il ? répondit ma mère, avec
calme.

— Non, non, je veux que vous deviniez.

— Comment voulez-vous que je devine ?

— Si, si, il faut que vous deviniez. C'est quelque chose d'incroyable.

— Dites-le, ce sera plus vite fait.

— Je ne peux pas le dire.

— Pourquoi ?

— C'est trop fort... C'est trop fort ! C'est trop
fort !

— Dites-le tout de même.

— C'est une infamie.

— Contre Henri ?

— Évidemment, contre Henri. Contre qui
voulez-vous que ce soit ?

— Qu'a-t-il fait ?

— Il n'a rien fait.

— Mais encore ?

— Je ne voulais pas venir dans ce couvent...

— Ah ! c'est une histoire du couvent ?

— Oh ! les couvents !... Peut-on vivre dans les
couvents ?

— Mais on vous soigne, ici, avec beaucoup de
dévouement.

— Oui. Oh ! parbleu ! Pour de l'argent, on est
partout très bien soigné ; mais j'aimerais autant
ne pas l'être par des bigotes.

— Enfin, Louise, finissons-en. Que vous a-t-on
fait ? Que vous a-t-on dit ?

Louise baissa la voix, et d'un air de grand
mystère :

— Avez-vous rencontré la Mère supérieure, en
venant ?

— Non, répondit ma mère.

— Ah ! si vous l'aviez rencontrée...

— Eh ! bien ?

— Eh ! bien, vous n'auriez eu qu'à lire dans ses yeux.

— Lire quoi ?

— C'est elle qui ne veut pas qu'Henri revienne ici.

— Comment, la Mère supérieure ne veut pas qu'Henri revienne ici ?

— Oui, elle ne veut pas qu'Henri revienne me voir.

— Pourquoi donc ? Voilà quinze jours qu'il vous fait les visites qu'il doit à votre état...

— Oh ! j'en ai la fièvre. J'aurai certainement une rechûte. Oh ! cette femme, cette femme ! avec son air doux, elle me met dans de l'huile bouillante.

— Que vous a dit la Mère supérieure au sujet d'Henri ?

— Elle ne veut pas qu'il vienne parce qu'elle ne le reconnaît pas pour mon mari.

— Qu'est-ce que vous dites-là, Louise ?

— Je dis qu'elle ne le reconnaît pas pour mon mari et qu'elle ne reconnaît comme mon époux légitime que S. M. le Roi de Saxe. En consé-

quence de quoi les règles du couvent l'empê-
chent de recevoir M. Toselli.

Ma mère jugea complètement inutile de discuter davantage. Elle s'en fut emmenant Buby
et vint me prévenir.

Depuis que j'ai l'âge d'homme, j'ai toujours
pensé qu'il faut être du parti de la justice. J'ai
horreur de ce qui est injuste. Je croyais devoir
des visites à ma femme, malade, je ne pus m'empêcher d'être vivement offensé par la théorie
de la Supérieure des sœurs bleues de San Gerome. Mais fallait-il l'en rendre responsable,
l'humiliante distinction qu'elle faisait à mes
dépens venait-elle d'elle ou de quelqu'un d'autre? Si respectueux que je sois de la religion,
il fallait en avoir le cœur net. Pour être sûr
d'être dans mon droit, je soumis le cas à un de
mes amis, l'avocat Lorenzo Carena, et lui répé-
tai le détail de l'entrevue de ma mère et de
Louise. Le procédé attribué à la Supérieure des
religieuses parut à l'homme de loi aussi peu
chrétien qu'incompréhensible.

— Il n'y a qu'une chose à faire, conclut-il:
aller, dès ce soir, demander une explication à
la Mère Supérieure. Je vous accompagnerai.

Le soir même, nous allâmes au couvent. Je ne

savais pas qu'on peut entrer dans un couvent
comme dans un moulin. Nous arrivons jusqu'au cloître, personne. Je laisse l'avocat s'as-
seoir sur un banc, je monte deux étages et je
parviens à la chambre de ma femme sans avoir
rencontré âme qui vive. J'ouvre la porte, je
trouve Louise seule. Elle fut stupéfaite en me
voyant paraître. J'étais parfaitement calme. Je
la priai simplement de me confirmer ce que ma
mère m'avait déjà rapporté.

Elle le fit en m'approuvant de venir demander
une explication à la Supérieure, et me voilà
reparti à travers le couvent qui me parut une
maison de santé singulièrement gardée. Je rejoignis mon avocat dans le cloître. Enfin, à
force d'élever la voix, de faire du bruit en marchant, une sœur parut qui eut l'obligeance
d'aller prévenir la Mère supérieure, sœur Edith,
de notre désir d'avoir avec elle quelques instants d'entretien. On nous fit passer dans une
espèce de petit salon où se trouvait le portrait
du Cardinal Merry del Val avec des dédicaces
flatteuses et toutes les bénédictions possibles au
profit de la Mère Supérieure. Nous attendons
environ dix minutes, puis, la Mère paraît, les
mains dans ses grandes manches, marchant

tout d'une pièce. Elle avait l'air d'avoir avalé des verges de fer. Je lui présentai mon ami et avocat qui, aussitôt, lui demanda s'il était vrai qu'elle avait défendu l'entrée du couvent à M. Toselli pour qu'il ne put rendre visite à sa Madame Toselli, et lui porter son enfant ?

La Mère supérieure prend un temps et répond :

— Oui, parce que je suis ici chez moi.

— Alors, Madame, il résulte de tout cela, que, selon vous, Mme Toselli n'est pas la femme de M. Toselli ?

— C'est la femme de S. M. le Roi de Saxe.

— Mais, Madame, pardonnez-moi : Si Mme Toselli est la femme du Roi de Saxe et si M. Toselli n'est pas son mari, voulez-vous me dire si vous êtes bien sûre de la parfaite honorabilité de votre maison ? Voilà plus de quinze jours que vous recevez ici un amant et un bâtard. Et la mère de M. Toselli, qu'en dites-vous et quel rôle pensez-vous qu'elle a joué en venant avec son fils et son petit-fils ? Et de la Princesse elle-même que pensez-vous qu'elle soit au regard de M. Toselli, si elle n'est pas sa femme ?

La Mère Supérieure ne se pressa pas de répondre et répliqua :

— Monsieur, je n'ai pas de compte à rendre. J'obéis à la religion.

— Ah! pardon, reprit M, Lorenzo Carena, pardon, Madame, la religion n'est pas telle que les individus la conçoivent, selon les circonstances ou leurs intérêts. Elle est telle que Dieu l'a faite, ou elle n'est point; et il n'y a jamais eu dans l'Évangile qu'il serait permis à une religieuse d'offenser un galant homme et de faire d'un enfant légitime un bâtard.

— Monsieur, je me conforme aux règles de ma congrégation.

— Comment, Madame! vous osez invoquer les règles de votre congrégation après avoir mis plus de deux semaines à vous souvenir de ce qui peut être permis ou non permis ?

La Mère Supérieure ne répondit pas.

Mon avocat reprit :

— Si le Roi de Saxe venait, vous le recevriez?

— Oh! lui, certainement.

J'avais promis à mon avocat de ne pas ouvrir la bouche puisqu'il était là pour parler en mon nom. Je tins bon ; mais je me levai le premier et tournai le dos à la religieuse. Nous partîmes, M. Lorenzo Carena et moi, aussi dégoûtés l'un que l'autre de cette fameuse morale chrétienne,

que cette pauvre religieuse venait d'essayer de
soutenir par une mauvaise conception de l'honneur et de la charité.

Mais d'où venait la décision de m'interdire le
couvent de San Gerome?

Je me souvins que, quelques jours plus tôt,
allant voir ma femme, j'avais rencontré, dans
un corridor de la maison de santé, une religieuse qui me dit :

— Comment ! M. Toselli, vous avez encore la
bonté de venir rendre visite à votre femme et de
lui porter l'enfant après ce qu'elle vous a fait?
Moi, à votre place, je l'aurais plantée là...

— Quoi ! ma sœur, répondis-je, vous qui
portez cet habit qui impose le pardon des of-
fenses, vous tenez un tel langage ?

La sœur rougit violemment et s'en fut sans
répondre.

Il me parut, à dater de ce jour, qu'on était
plus froid à mon égard, au couvent.

Notre visite à la Mère Supérieure eut une
suite. Un avocat vint, de sa part, trouver Mᵉ Lorenzo Carena en lui disant qu'il était impossible
aux sœurs de San Gerome de me reconnaître
pour le mari de Louise de Toscane, en raison des
lois de l'Église, mais que la Supérieure signerait

une déclaration établissant que cette décision ne pouvait aucunement porter atteinte à mon honorabilité sur laquelle on n'avait aucun doute et qui était, en la circonstance, hors de cause.

J'ai reçu, en effet, cette lettre, mais qu'on me permette de m'arrêter sur cet incident qui mérite d'être examiné, car d'autres personnes peuvent se trouver dans le même cas que moi et la thèse de la Supérieure de San Gerome ne paraît pas un instant soutenable au point de vue du droit.

Voilà des religieuses auxquelles l'Italie accorde l'hospitalité. Leur premier devoir est de se soumettre à la loi italienne. Au regard de la loi italienne, le mariage de M. et Mme Toselli, enregistré à Londres au Consulat d'Italie, est un mariage parfaitement valable. Ce n'est qu'un mariage civil, et l'on sait que si j'avais cru que le mariage précédent de ma femme avec le Roi de Saxe ne serait pas annulé en Cour de Rome, je n'aurais pas fait un mariage qui ne devait être que civil. Mais ce qui est fait est fait, et nous n'en sommes pas moins *légalement* mariés, ma femme et moi. Or, quel est l'enseignement du Saint-Siège donné aux catholiques de tous les pays? C'est de se soumettre, d'abord et avant

tout, à la loi civile, sans laquelle il n'y a pas
d'organisation sociale, car même pour l'établissement du culte et la sauvegarde des intérêts
moraux, il faut des lois civiles. Le procédé des
sœurs bleues de San Gerome est donc aussi
abusif que coupable.

Je n'ai pas voulu entrer en conflit avec des
femmes, par ailleurs respectables. Je me suis
contenté d'envoyer une amie de ma famille, qui
connaissait ma femme, lui dire que je regrettais
les incidents qui venaient de se produire et qu'il
n'était pas de ma dignité de lutter contre un
couvent. Ni ma mère, ni mon enfant, ni moi,
nous ne reviendrions à San Gerome.

Je partis avec ma famile pour aller au bord de
la mer, à Cattolica.

Louise de Toscane n'a rien répondu sur le
champ. Mais je supposais bien que je n'aurais
pas longtemps la paix. Huit jours plus tard, je
recevais une lettre de ma femme me priant de
venir à Florence : Elle avait un besoin urgent
de me parler « pour organiser sa vie future ».

Voilà des années que j'entends parler d'une
organisation de sa vie future. Il y a des gens qui
ne peuvent jamais vivre dans le présent. C'est
ainsi qu'ils perdent pied, se promènent dans les

nuées et ne savent pas ce qu'ils font. Il faut les plaindre.

Pitoyable encore une fois, je quittai Cattolica où j'étais tranquille, pour aller à Florence. J'ai vu ma femme, sortie de son couvent. Je l'ai écoutée, pour qu'il ne fut pas dit que j'avais refusé de l'écouter. Mais à quoi bon émettre des opinions et donner des conseils ? J'aurais perdu mon temps et ma peine.

Louise me parla d'abord de s'installer à Montreux. Au bout d'un moment, elle déclara qu'elle préférait aller à Pesaro.

— Je suis convalescente, je suis encore très faible. J'ai tant souffert de cette péritonite. Je te demande de m'accompagner.

Il ne s'agissait que d'être un garde-malade. J'ai accompagné Louise jusqu'à Pesaro.

Nous étions dans le train lorsqu'elle m'a prié de lui apporter Buby à Pesaro, du matin au soir.

Pendant deux jours, j'ai amené Buby à Pesaro ; mais le deuxième jour, Louise m'a déclaré soudain avec élégance :

— La vie est insupportable ici. Je m'embête, je suis énervée, je ne veux pas rester dans ce trou ; je fiche le camp, je vais à Montreux.

Et elle est partie pour Montreux sans plus se soucier de Buby.

Je reconnus que j'étais encore une fois déçu dans mon incorrigible espérance. J'avais pensé que la présence de l'enfant, la maladie, quarante-deux ans d'âge pouvaient avoir changé Louise et qu'elle serait un peu calmée. Vain espoir! Elle est allée à Montreux. Et, bien entendu, dès qu'elle a été à Montreux, je n'ai pas eu le repos.

Elle m'a télégraphié à Cattolica qu'elle était très malade, très affligée et que je vienne au plus vite.

Les gens qui lisent ceci diront: « Mais un homme n'est pas un homme qui cède ainsi à tous les caprices d'une femme qui n'est plus effectivement la sienne ».

Je me suis dit tout ce que l'on peut se dire; mais qu'on se dise aussi que l'enfant est là, entre nous, et que mon devoir, à cause de l'avenir, est de tout sacrifier pour que plus tard mon fils n'ait pas de reproches à me faire.

J'avais des raisons de me rendre à Milan; je n'étais pas encore décidé à pousser jusqu'à Montreux. J'ai pris le train et me suis arrêté dans la capitale de la Lombardie.

Cet arrêt a été cause de tous ces bruits de collaboration musicale qui ont couru la presse de l'univers, vraiment bien bonne de faire les honneurs de l'information à des choses aussi peu importantes. On a raconté que « la Princesse de Saxe et M. Enrico Toselli, composaient ensemble une opérette ». On en a même donné le titre: « La Belle Françoise ». Je n'ai pas rectifié. Où en serais-je si j'avais rectifié tout ce qu'on a publié sur le compte de ma femme et sur le mien? Mais tout n'est pas faux dans cette histoire de collaboration. Voici la vérité :

A Milan, j'ai rencontré à la gare, M. Paolo Reni, un de mes amis, écrivain de talent et auteur dramatique apprécié, en relations avec l'honorable M. Lorenzo Sonzogno, qui est non seulement le plus grand éditeur d'Italie, mais un des principaux du monde. M. Paolo Renme parle de la possibilité pour moi d'entrer en relations avec M. Lorenzo Sonzogno qui puiblierait diverses de mes compositions écrites sur des paroles en allemand de la Princesse de Saxe, avec une version italienne de Paolo Reni. J'ai, en effet, mis en musique quelques-unes des poésies de ma femme. On en a publié plusieurs

nous allons voir M. Lerenzo Sonzogno, près
duquel je trouve le plus charmant accueil et, en
causant, cette idée se présente à son esprit qu'il
serait encore plus intéressant que j'écrive la
musique d'une opérette en trois actes, dont
M. Paolo Reni se chargerait d'obtenir le texte
de Louise de Toscane. Un homme de théâtre
obtient toujours ces choses-là d'une femme qui
aime à faire parler d'elle dans le journaux.

J'ai examiné cette proposition en considérant
qu'un musicien reçoit de l'éditeur un livret et
le met en musique en étant libre de ne pas
s'occuper de la personne qui l'a écrit. Au sur-
plus, il me suffisait de connaître M. Paolo Reni.
Je pouvais oublier le reste. Secondement si
j'envisageais que l'affiche porterait le nom de
ma femme et le mien, je reconnaissais là une
valeur marchande. Quel que fût son caractère,
devais-je en dédaigner le prix, à cause même de
mon enfant ?

Il ne me parut pas opportun de formuler des
objections. M. Paolo Reni fut donc chargé par
M. Sonzogno de traiter avec la Princesse la question livret. Il lui télégraphia en lui demandant
de venir à Milan. Ma femme répondit que ce
n'était pas possible et qu'elle ne pouvait se dé-

ranger. Sur quoi, M. Paolo Reni prit le train et
alla à Montreux où il fit part à la Princesse des
désirs de M. Lorenzo Sonzogno. Aussitôt, changement à vue : Louise accepte avec enthousiasme, prend le train à midi quarante et arrive
à huit heures à Milan.

Le soir même, au restaurant Cova, M. Sonzogno lui fut présenté et prit rendez-vous avec
elle pour le lendemain matin. A l'heure dite,
M. Sonzogno, accompagné de M. Reni, arrive à
l'hôtel et explique ses vues à la Princesse qui
accepte avec une joie enfantine de signer un
contrat. L'engagement fut préparé et paraphé à
deux heures de l'après-midi. Puis la Princesse
ne fit qu'un saut jusqu'à la gare. Elle fila comme
une flèche sur Bruxelles, dévorée de l'ardeur du
travail. Quant à moi, qui étais tenu au courant,
je considérais, tout réfléchi, que s'il était possible d'intéresser Louise à quelque labeur de
longue haleine et de mettre un peu d'ordre dans
sa vie en amenant son esprit tourmenté à s'attacher à une œuvre théâtrale qui pourrait réussir et être suivie d'autres œuvres, ce serait pour
elle, pour son fils et pour moi, un bonheur
inespéré. Je n'avais pas le droit de refuser une
collaboration qui serait exclusivement artisti-

que, dès lors que je croyais y voir un moyen de
faciliter le relèvement et l'amélioration morale
de la mère de Buby. J'étais encore prêt à cet
effort, à cette concession. J'admettais de donner
à Louise la satisfaction de se croire un écrivain
et de tirer ce parti de son union avec moi, s'il
en résultait, ce que j'ai toujours espéré envers
et contre tout, un moyen de la détourner de
tout ce qui la perd. Je fis ces réflexions pendant quatre jours. Le cinquième, M. Reni sut
que M. Sonzogno avait reçu une lettre étrange
de ma femme. J'aurais été le dernier à m'en
étonner. M. Paolo Reni prit le train pour la
Belgique, arriva à Bruxelles dans le quartier où
Louise de Toscane s'est installée sous le nom
de Comtesse d'Yzette et il fut tout de suite ren-
seigné. Louise lui montra le brouillon de la
lettre écrite à M. Sonzogno et qui expliquait
que la Princesse, après avoir tourné et retourné
le projet d'opérette, déclarait qu'elle ne voulait
rien écrire, dans la crainte que la Cour de Saxe
ne lui enlevàt son apanage. Elle ajouta même
qu'elle avait reçu un télégramme de l'avocat
Mattaroli lui annonçant que si elle publiait une
pièce de théâtre quelconque, tout subside lui
serait supprimé par la Cour de Saxe.

Je n'ai pas à apprécier ces affirmations, quelque puisse être leur fond d'erreur ou de vérité. On pourrait objecter que Louise de Toscane n'a plus rien à perdre de ses revenus, car ce qui lui reste représente l'intérêt de sa dot et aucune justice ne saurait admettre qu'il soit possible de l'en priver. Je m'en tiendrai à constater l'impossibilité où l'on est d'aboutir à quoi que ce soit de logique ou de conforme aux engagements consentis dans toute entreprise avec elle.

Ainsi s'est effacé mon dernier espoir d'un labeur qui, pour surprenant qu'il ait pu être de sa part, eut été tout de même un labeur artistique, un commencement d'habitude de l'esprit, de discipline de la raison. C'est en vain que j'avais résolu de me prêter à toutes les concessions possibles, dans les limites de l'honneur, pour que ma femme put donner libre cours à ses dons intellectuels et en tirer, en même temps qu'un bénéfice matériel, le bénéfice moral qui s'attache aux œuvres littéraires.

Ne songeons plus à tout cela. Mes efforts et mes sacrifices ont été des efforts et des sacrifices perdus... J'étais prêt, jusqu'à la dernière minute, à supprimer ce livre... Qu'il paraisse et qu'il ait son destin comme Louise de Toscane aura le sien et moi le mien.

Je n'ai plus rien à ajouter. C'est fini. Ai-je dit l'essentiel de ce qu'il fallait dire? Ai-je assez dit? Ai-je trop dit? Je ne m'en rends pas compte... Et je ne veux pas m'attarder là-dessus. Je voudrais oublier mon aventure, refaire ma vie en ne pensant jamais plus à la mère de mon enfant. Mais, est-ce possible? En tout cas, je n'y penserai que pour la plaindre. Je n'ai plus qu'un but : travailler et me reposer du labeur artistique dans l'amour de mon fils. J'en attends des joies préférables à celles de tout autre amour.

TABLE DES MATIÈRES

PARIS

IMPRIMERIE Vve GAMBART & Cie

52, avenue du Maine, 52

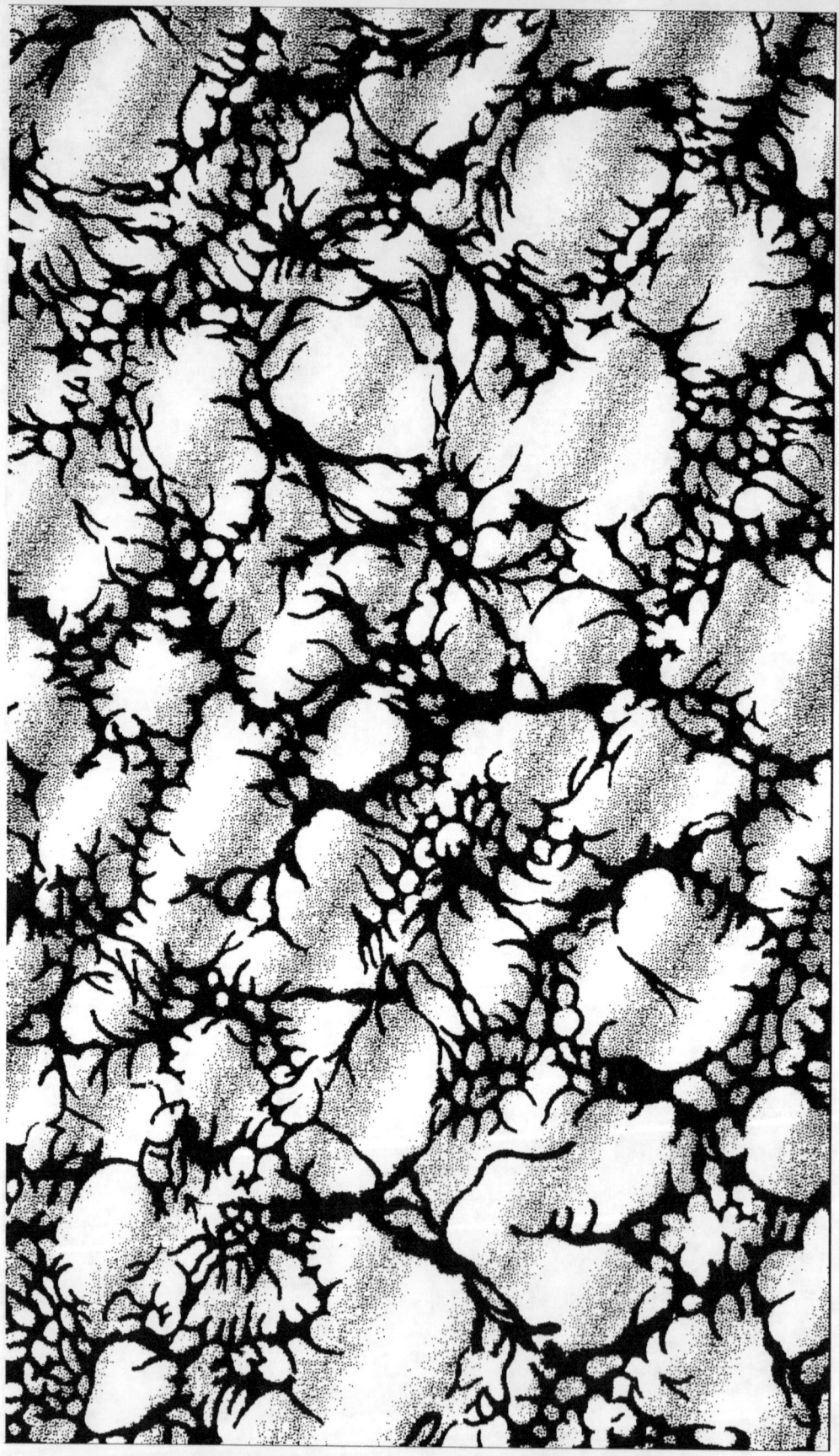

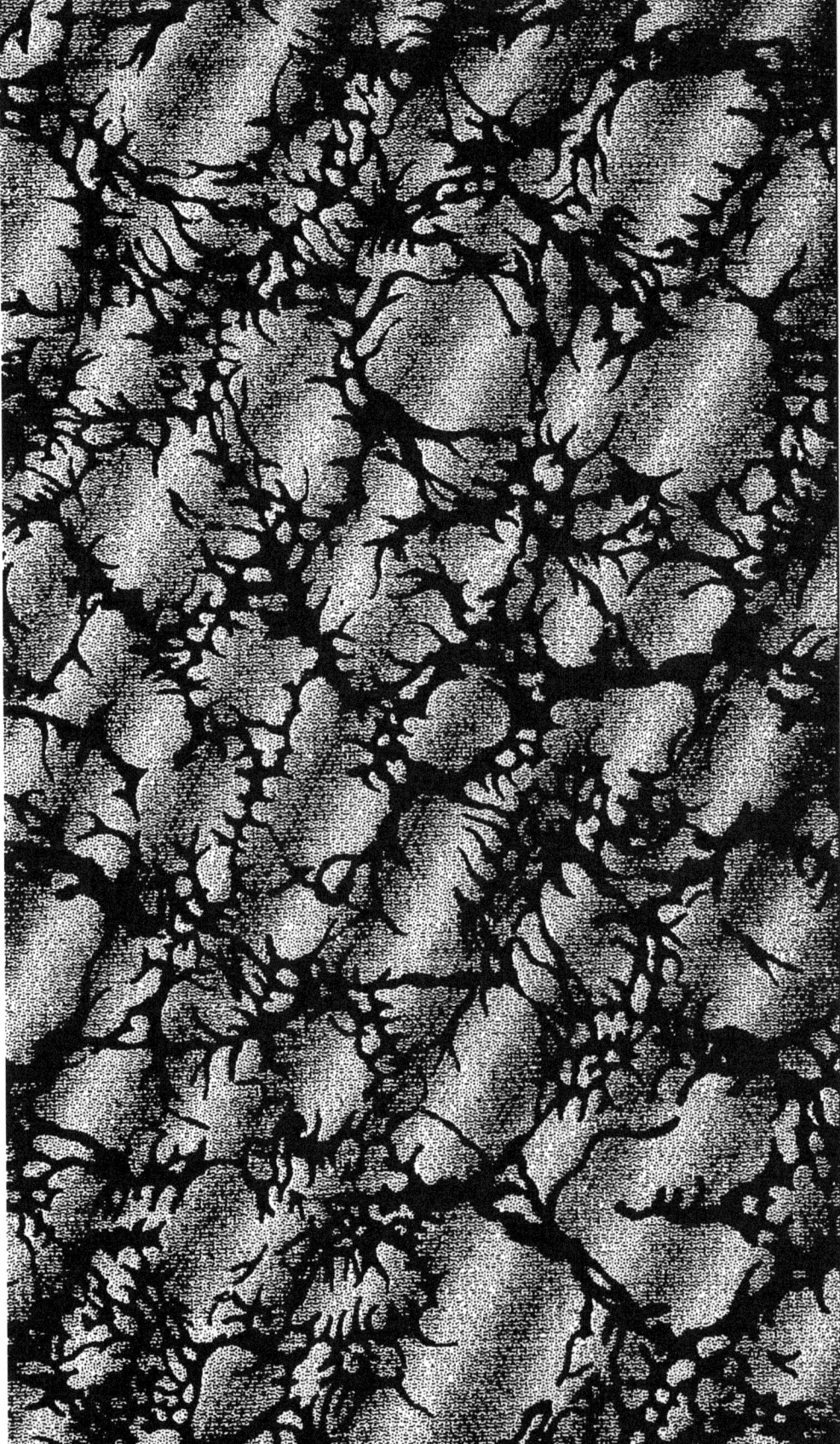

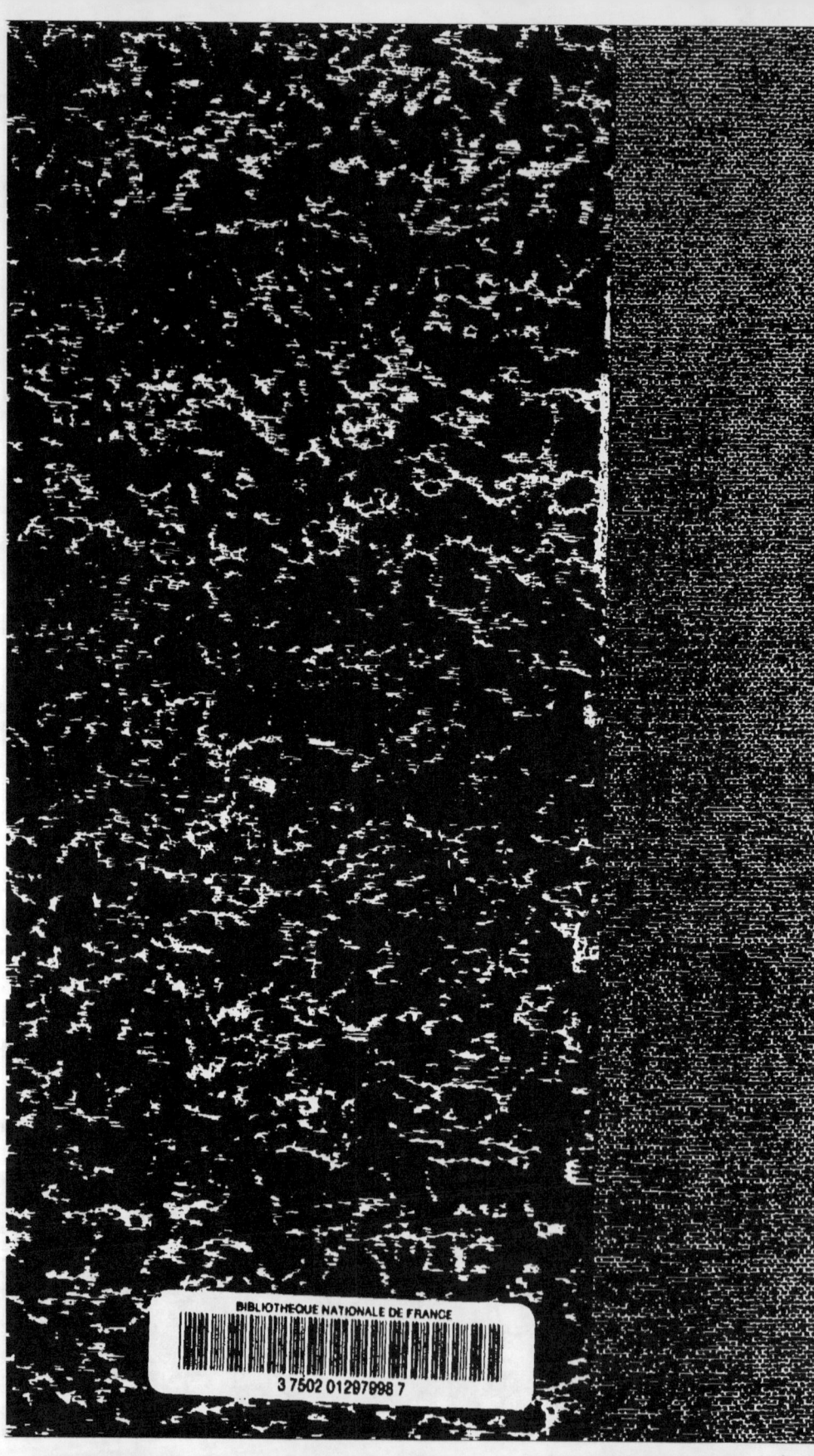